LE SORTILÈGE ÉCARLATE

DANS LA MÊME SÉRIE

1. *Le pouvoir des Trois*
2. *Le baiser des ténèbres*
3. *Le sortilège écarlate*
4. *Quand le passé revient*
5. *Rituel vaudou* (septembre 2001)

Charmed™

LE SORTILÈGE ÉCARLATE

Un roman original de F. Goldsborough
d'après la célèbre série télévisée « Charmed »
créée par Constance M. Burge

FLEUVE NOIR

Titre original :
The Crimson Spell

Traduit de l'américain
par Gilles Vaugeois

Série proposée par Patrice Duvic

ISBN : 2-265-07087-4

UN MESSAGE EN ROUGE…

Piper fouillait dans son sac à main, à la recherche d'une carte de visite, lorsqu'elle sentit quelque chose d'inhabituel.

Elle écarquilla les yeux de surprise en extirpant un ruban rouge, noué en son milieu. D'où pouvait-il bien provenir ?

Elle se dirigeait vers le téléphone pour appeler les renseignements lorsqu'elle perçut une vibration sourde derrière elle. Se retournant, Piper découvrit une grande étagère en métal, encombrée de lourdes boîtes de conserve, qui vacillait.

Stupéfaite, elle constata que l'étagère s'inclinait vers elle. Piper tendit les mains en avant – geste qui, d'habitude, lui permettait d'arrêter le temps.

Mais l'étagère continuait sa chute. En une fraction de seconde, Piper se sentit clouée sur place, incapable de faire intervenir son pouvoir.

Elle hurla tandis que les oscillations de l'étagère projetaient dans les airs les lourdes boîtes qui y étaient entassées.

Que m'arrive-t-il ? Mon pouvoir a-t-il disparu ? Pourquoi ne fonctionne-t-il plus ?

PROLOGUE

Le Maître se tenait devant un autel drapé de velours sombre. Comme toutes les personnes présentes dans la salle, il était vêtu d'une robe noire de cérémonie à capuchon, qui enveloppait son large corps, dont la ceinture s'ornait d'une dague à double lame. La pièce s'illuminait de dizaines de bougies noires scintillantes, et qui se reflétaient dans ses yeux verts. Tels de minuscules spots, elles semblaient éclairer, sous sa cagoule, un visage invisible.

La demeure de Colwood Street avait longtemps été l'une des plus chics de San Francisco. Elle conservait ses hauts plafonds romans et ses sols en marbre, mais ses immenses fenêtres étaient quasi détruites, et ses superbes meubles anciens n'existaient plus. Désormais, une couche de poussière recouvrait chaque chose dans la maison abandonnée, promise à la démolition. Cependant, ce soir-là, des personnes revêtues de soutanes noires faisaient jouer leurs ombres sur les murs craquelés.

— Cette nuit représente à la fois un début et une fin.

La voix du Maître résonna dans la salle.

— Quelqu'un parmi nous prétend faire partie de notre famille. Malheureusement, j'ai découvert qu'il s'agissait d'une sorcière, une de ces sorcières qui cherchent à nous détruire !

Un murmure traversa l'assemblée.

— Ce soir, sa duplicité prendra fin, proclama le Maître. Nous allons accueillir un nouveau membre dans notre communauté. Il est temps de nous recueillir !

Il entonna une série d'incantations en latin, accompagné par ses disciples. Dans le même temps, le Maître des démons faisait brûler des herbes rituelles dans l'urne posée sur l'autel. Il y ajouta une ampoule de sang, les pattes d'une tarentule, ainsi qu'une poudre orange qui dégageait une odeur exécrable. L'assemblée proférait les incantations sur un rythme qui allait crescendo.

De la pointe de sa dague, le Maître dessina un signe complexe au-dessus de sa tête. Une fois ce début de rituel terminé, la dague se mit à briller : de son extrémité jaillirent des zébrures vertes qui convergèrent sur le cristal suspendu au milieu de la pièce.

L'éclair de lumière l'enveloppa, provoquant des grésillements autour de lui. Le cristal s'illumina, puis diffusa une lumière blafarde au-dessus de la pièce plongée dans une semi-obscurité. Le Maître reprit la parole :

— Nous sommes prêts. Amenez la sorcière.

Deux des démons présents sortirent. Ils revinrent peu de temps après, escortant une jeune femme attachée et bâillonnée. Ils la traînèrent devant l'assemblée, puis la poussèrent, l'obligeant à se mettre à genoux devant le Maître ; celui-ci indiqua d'un signe qu'on lui enlève son bâillon.

— Sorcière, ceci est ta dernière chance. Serviras-tu les Forces des Ténèbres ? Es-tu prête à te soumettre à toutes nos règles ?

La jeune femme se débattait pour se débarrasser de ses liens.

— Jamais ! lança-t-elle en crachant aux pieds du Maître.

— Tu vas regretter ton geste ! Mettez-la sous le cristal !

— Noon ! Je vous en supplie !…

La jeune femme hurlante fut soulevée par les sorcières présentes, qui la placèrent juste en dessous du cristal lumineux.

Le Maître psalmodia une autre incantation, reprise en chœur par toute l'assemblée. Le mélange des voix s'intensifia, s'accéléra, devenant de plus en plus puissant. La luminosité du cristal s'accrût jusqu'à ce qu'une lumière aveuglante enveloppe la pièce.

— Noon ! se débattait la sorcière, le corps secoué de tremblements.

Elle finit par réussir à lever les bras afin d'essayer de se protéger de l'éclat insoutenable du corps incandescent.

Recouvertes de cloques, ses paumes brûlaient. Les cloques finirent par éclater, découvrant les tendons et les os de ses mains. Ses cris déchirants retentissaient tandis que sa peau fondait comme de la cire jetée dans des flammes. Ses muscles et ses os subirent le même sort, se liquéfiant. Le phénomène atteignit bientôt son visage, qui, lui aussi, se décomposa.

Un dernier rictus de douleur se dessina sur les lèvres de la femme. Puis, dans un gargouillis sourd, la forme de son visage disparut totalement. Son corps ruisselant de sueur, elle s'affaissa sur le sol, jusqu'à ce qu'il ne reste plus d'elle qu'une misérable flaque sur le parquet.

Le cristal diffusait une énergie aussi forte que celle dégagée par le soleil.

— Aussi longtemps que nous le voudrons, cela se passera ainsi, déclara le Maître. Le cristral a réussi à capter le pouvoir de cette sorcière, et il vient de nous le transmettre.

Son regard vert parcourut l'assemblée, à la recherche d'une de ses plus proches adeptes.

— Adrienne, va chercher le nouvel initié, ordonna-t-il.

Une jeune femme aux longs cheveux blonds sortit de la pièce, et revint quelques instants plus tard en compagnie d'un superbe jeune homme, bien découplé, nu jusqu'à la taille.

— Kenji Yamada, commença le Maître, en lui faisant signe de se prosterner devant l'autel. Es-tu prêt à devenir l'un de nos membres – un sorcier de la Communauté du Nouveau Soleil ?

— Oui, je suis prêt, répondit le jeune homme.

Le Maître plongea son index dans la braise accumulée sous le chaudron, pour en extraire des cendres avec lesquelles il dessina un pentacle inversé sur la poitrine nue du jeune homme.

— Tends la main, commanda le Maître.

Le nouvel initié obéit. Le Maître approuva d'un simple mouvement de la tête. Adrienne se tenait debout à ses côtés. Elle tira une dague d'un fourreau glissé dans sa ceinture, et d'un coup sec taillada la paume du jeune homme.

Kenji poussa un long cri de douleur, puis serra son poing. C'est alors qu'un autre démon arriva, tenant un calice en or, qu'il plaça sous le poignet de Kenji pour en récupérer la moindre goutte.

— Tu fais maintenant partie des nôtres, clama le Maître. Qu'il s'agisse de la pleine lune, de l'eau, de la terre et du ciel, du vent et du feu. Ton sang est, à partir de maintenant mélangé au nôtre.

Le jeune homme ne broncha pas. Il se contenta de répéter les mots.

— Qu'il s'agisse de la pleine lune, de l'eau, de la terre et du ciel, du vent et du feu.

— Fais vœu d'obéissance, poursuivit le Maître. Jure d'accomplir tout ce que nous te demanderons, sans hésitation et sans jamais poser de questions.

— Je jure d'obéir à toutes les volontés de l'assemblée sans hésitation et sans jamais poser de questions, assura Kenji.

— Comprends-tu vraiment à quoi tu t'engages en prononçant ce vœu ? Si jamais tu brises ton serment, tu le paieras de ta vie.

Après avoir hésité une fraction de seconde, le jeune homme rétorqua :

— J'accepte de payer de ma vie si jamais je romps mon serment en ne respectant pas les décisions et les ordres des fidèles.

— Relève-toi, ordonna le Maître en enveloppant le jeune homme dans une soutane noire, et va prendre place au milieu des autres.

Le jeune homme obéit et se plaça parmi la foule présente. Le Maître continua :

— A présent, il faut que je vous dise dès ce soir quelque chose de capital. Il s'agit peut-être de la menace la plus importante à laquelle nous ayons à faire face depuis que nous existons.

Il marqua une pause.

— J'ai appris l'existence de trois sœurs, trois

sorcières qui descendent d'une longue lignée aux pouvoirs très puissants qu'elles viennent de découvrir très récemment. Leurs trois pouvoirs combinés déclenchent une énergie à laquelle nous n'avons jamais été confrontés. De plus, leurs pouvoirs ne sont destinés qu'à faire le bien, pour défendre les innocents. Si elles nous repèrent avant que nous les trouvions, elles essaieront de nous détruire.

Il se retourna alors vers le cristal et éleva ses mains en sa direction.

— Cependant, nous n'avons pas le choix : nous devons nous mettre à leur recherche, afin de récupérer leurs pouvoirs.

Un jeune homme, debout au fond de la salle, prit alors la parole :

— Mais, si leurs pouvoirs sont si forts, comment allons-nous les combattre ?

Le Maître se retourna vers lui.

— Nous devrons prendre contact avec elles, pour découvrir quels sont exactement leurs pouvoirs, afin de les retourner contre elles. Il faut que vous agissiez comme des petites araignées qui tissent leur toile pour les attraper. Certains d'entre vous les ont déjà approchées.

Son regard se porta avec insistance sur Kenji.

— Tu vas nous aider. Cela fera partie de ton initiation. Tu comprends bien ce que je te dis ?

— Je comprends, acquiesça Kenji.

Le Maître sourit.

— Parfait. Commencez dès ce soir.

CHAPITRE PREMIER

Piper Halliwell regardait autour d'elle avec consternation. Vu la pagaille qui régnait, elle n'aurait certainement pas terminé avant l'aube. Il était une heure du matin, et elle venait juste de fermer son club, le *P3*. Les tables étaient recouvertes d'assiettes sales, le bar débordait de verres et de bouteilles de bière vides. Seule la scène était intacte, comme si le groupe de rock brésilien qui l'avait envahie quelques heures auparavant n'était jamais venu ici.

En fait, sa nouvelle activité comportait deux facettes : découvrir et écouter de nouveaux groupes funk représentait un réel plaisir, faire le ménage était beaucoup moins réjouissant.

Mais qui avait donc eu la brillante idée d'ouvrir cct établissement ? Piper se mit à rire toute seule. C'était elle !

Elle prit une profonde respiration et se mit à la recherche d'un plateau. Tant qu'elle ne se serait pas décidée à s'attaquer au problème, elle ne pourrait pas rentrer se coucher. Au moment où elle attrapait la première assiette sale, on frappa à la porte.

Elle se sentait déjà mal à l'aise à l'idée d'assurer seule la fermeture, et de plus, la rue n'était vraiment pas beaucoup fréquentée, à cette heure-là. Surtout un mardi soir. Non, en fait c'était déjà mercredi matin ! se corrigea Piper en jetant un coup d'œil à sa montre tandis qu'elle se dirigeait vers la porte d'entrée.

Elle regarda au travers de la grille qu'elle avait bien pris soin de fermer, et fut immédiatement soulagée lorsqu'elle reconnut ses deux sœurs, Prue et Phoebe, toutes souriantes malgré leurs cheveux humides de bruine.

D'un sourire las, Piper ouvrit la porte et déverrouilla la grille.

— Qu'est-ce que vous faites là ? Vous devriez être couchées à votre âge !

Phoebe retira la capuche de son imperméable avant d'entrer dans le bar.

— En fait, soupira Phoebe, je ne sais pas pourquoi, mais je n'arrivais pas à dormir. Du coup, je suis descendue pour regarder la télé, et Prue était déjà devant…

— Moi non plus, je n'arrivais à dormir, expliqua Prue en passant ses mains dans ses cheveux mouillés. (Elle frissonnait.) J'avais déjà passé toute la journée à tourner en rond.

— Alors, du coup, on a pensé venir te faire un petit coucou, ajouta Phoebe. Allez, on peut se le dire, entre sœurs… Euh, en fait on est venu vérifier ce que devenait l'argent que nous avons investi. Eh ben ! Tel quel, l'endroit paraît un peu minable.

Piper sourit. Elle savait très bien que c'était grâce à ses sœurs qu'elle avait pu ouvrir le *P3*. Elles l'avaient aidée à trouver l'endroit, qui, le jour même de l'ouverture, avait remporté un vif succès.

— Alors là, décidément, vous êtes cinglées toutes les deux. Bienvenue dans mon capharnaüm ! dit-elle en agitant les bras dans tous les sens.

— Attends, ce ne sont pas les serveurs qui sont chargés de débarrasser les tables ? commenta Prue, en fronçant le nez.

— Ouais, c'est vrai. Et alors ? Il faut parfois savoir aller au charbon. J'ai une très bonne équipe, mais les soirs de semaine, on fonctionne en équipe réduite, et Joey, l'aide-serveur, s'est coupé à la main en fin de soirée avec une bouteille cassée. Du coup, Laura, la serveuse, et Craig, qui tient le bar, l'ont emmené aux urgences.

— Wouf, grimaça Prue. Mais c'est horrible…

— T'en fais pas, ce n'est pas trop grave, la rassura Piper. Le cuisinier a nettoyé la cuisine. Il ne me reste qu'à mettre les assiettes sales dans le lave-vaisselle, les bouteilles vides à la poubelle, et puis donner un coup de torchon sur les tables et le bar.

Prue retira son imperméable, révélant une chemise grise et un bas de jogging noir.

— Bon, pour résumer, il faut que tu fasses le ménage, dit-elle en soupirant. (Elle jeta un regard noir à Phoebe.) Je devrais pourtant le savoir ! Chaque fois que tu me proposes de faire quelque chose, je finis toujours par regretter d'avoir accepté, ajouta-t-elle en plaisantant.

Phoebe, tout en se débarrassant de son ciré jaune, lança à Prue un regard innocent. Elle arborait un haut de pyjama en flanelle bleu layette, qui recouvrait un vieux bas de survêtement bleu marine.

— Comment pouvais-je savoir que Piper croulait sous la vaisselle sale ?

— Eh ! Réveille-toi ! C'est quand même bien toi qui es censée lire dans l'avenir, lui rétorqua Prue.

— Tu sais que je ne peux pas contrôler mes visions,

répondit Phoebe. J'suis pas comme vous, qui pouvez utiliser vos pouvoirs quand vous le désirez !

Piper interrompit la conversation :

— A propos… Avez-vous remarqué que cela fait un petit bout de temps que nous n'avons pas eu besoin de nous servir de nos pouvoirs ? Aucun problème. Pas de démons, pas de fantômes, même pas de mauvais esprits, absolument rien qui ne sorte de l'ordinaire.

— J'y ai déjà pensé, dit Prue. Ce n'est pas désagréable d'avoir un peu de repos, mais je reste persuadée que le prochain démon va bientôt surgir. Toute cette paix et tout ce calme… je n'y crois pas.

Piper secoua la tête. Comme tout cela était compliqué… Pour elles trois, le monde se montrait étrange lorsqu'il était *normal*. La vie paraissait pourtant plus simple avant que Phoebe ne découvre *Le Livre des Ombres* dans le grenier. Ce livre, une série d'incantations écrites par leurs ancêtres, avait constitué le premier indice qui avait fait comprendre aux sœurs Halliwell qu'elles étaient des sorcières. Lorsque Phoebe – il n'y avait pas si longtemps – avait lu l'une de ces incantations à haute voix, les pouvoirs des trois sœurs s'étaient activés.

Ces pouvoirs étaient plutôt agréables. Phoebe pouvait lire dans l'avenir, et, occasionnellement, dans le passé. Prue détenait le pouvoir de la télékinésie : elle était capable de déplacer des objets uniquement par la force de la pensée. Quant à Piper, elle figeait le temps, pouvoir très pratique en de nombreuses circonstances. Mais, au bout du compte, ces phénomènes avaient révélé de lourds inconvénients, car il semblait que leurs pouvoirs attiraient les forces du mal.

— Allez les filles ! Un peu de vacances, ça fait pas

de mal. J'ai enfin trouvé le temps de m'occuper de moi, annonça Phoebe avec des yeux malicieux.

— Comme trouver un boulot, je suppose ? dit Prue en arquant un sourcil.

Piper soupira. Elle espérait que Prue et Phoebe n'allaient pas se chamailler. Prue ne pouvait comprendre que leur plus jeune sœur aimait à rester inoccupée. Donc, elle ne cessait de la harceler tous les jours pour qu'elle trouve un travail, et ça finissait toujours par des débats stériles.

Phoebe lança à Prue un regard méchant.

— Non. Pas actuellement. Je prends des cours de karaté. J'ai commencé il y a deux semaines, et je suis enfin officiellement ceinture blanche.

— Ceinture blanche ? répéta Piper avec un regard ébahi.

Elle n'avait jamais entendu parler que des ceintures noires.

— Ça veut dire que je suis débutante, expliqua Phoebe. On commence avec une ceinture blanche, puis en progressant, on passe par différentes couleurs de ceintures, jusqu'à arriver à la noire.

— Pourquoi ne nous en as-tu pas parlé ? demanda Prue.

— J'ai eu peur de me dégonfler au bout d'une semaine, admit Phoebe. Mais maintenant, je suis à fond dedans. Je suis en train d'apprendre les trucs de base : coups de poing, coups de pied, blocages. Regardez ça !

Phoebe poussa un cri et donna un coup dans le vide pour leur faire une démonstration.

— Voilà les débuts d'une grande carrière, lâcha Prue.

— Prue, ne commence pas ! intervint Piper.

Puis elle marmonna en saisissant une pile d'assiettes qu'elle emporta dans la cuisine pour les mettre dans le lave-vaisselle.

Phoebe lança à la cantonade :

— Lorsque nous *devons* faire face à un démon ou à un sorcier, vous pouvez toutes les deux immédiatement utiliser vos pouvoirs et vous tirer. Mais ce n'est pas mon cas. Je suis sans défense ! En fait je suis en train de devenir très pragmatique, à travers cette activité.

Puis elle prit elle aussi une pile d'assiettes et suivit Piper dans la cuisine.

— Et toi, tu en es où ? demanda Piper à Prue en revenant dans la salle. As-tu fait quelque chose d'intéressant pendant cette accalmie ? ajouta-t-elle avec un petit sourire satisfait. A part travailler, et encore travailler chez Buckland.

Buckland était le commissaire-priseur du centre-ville chez qui Prue était employée, pratiquement à plein temps, d'après ce que savait Piper. Elle y estimait la valeur des objets anciens afin de définir leur cote.

— Eh bien, moi, je ne suis inscrite nulle part, dit Prue. (Elle jeta quelques nappes en papier sales dans la poubelle.) Mais j'ai fait quelques recherches. (Elle regarda attentivement Piper.) As-tu déjà été chez *Full Moon* ?

— La boutique de Wicca ? s'enquit Piper en nettoyant le comptoir en bois du bar.

— A Noe Valley ? poursuivit Phoebe qui ressortait de la cuisine.

Prue confirma d'un signe de la tête.

— J'y suis allée il y a environ deux semaines. J'avais un tuyau pour trouver une vieille dague afin de l'inclure dans la collection de trésors médiévaux sur laquelle je travaille. Le tuyau était bon, la propriétaire possédait bien la dague – et elle était authentique. Elle me l'a cédée pour un prix très raisonnable, puis nous avons bavardé un moment.

Piper plissa les yeux, essayant de se remémorer la femme qu'elle avait vue dans le magasin les rares fois où elle s'y était rendue.

— La propriétaire… c'est bien cette femme qui a une très longue natte blonde ? Et elle porte autour du cou un petit pentacle en argent ? Elle a aussi un faux air de dame Guenièvre ?

— C'est bien elle. Elle s'appelle Adrienne, et connaît de façon approfondie les herbes et les incantations traditionnelles. Elle a en stock des choses incroyables comme de la jusquiame, de l'aconit, des racines contre la fièvre, de la bétoine en branches…

— Des yeux de tritons, des orteils de grenouilles ? la taquina Phoebe.

— Exactement, fit Prue en souriant. Du coup, nous avons parlé un bon bout de temps des herbes et… de plein d'autres choscs. Je ne sais pas quoi en dire. Elle est formidable. Ça faisait une éternité que je n'avais pas rencontré quelqu'un avec qui je me sente autant en confiance, termina-t-elle en haussant les épaules.

Les yeux marron de Phoebe lancèrent des éclairs de panique.

— Tu… tu ne lui as rien dit à *notre* sujet ?

— Bien sûr que non, protesta Prue. Adrienne pense que je suis juste une adepte de Wicca, comme la plupart des gens qui fréquentent sa boutique.

— C'est quand même curieux qu'il y ait autant de

monde branché sur cette secte, se contenta d'ajouter Phoebe en nettoyant une autre table.

— Wicca n'est pas aussi bizarre qu'il en a l'air. (Piper essayait de les convaincre.) Son seul but est de célébrer le pouvoir de la terre et de la nature. Il s'agit de magie blanche. Le credo des adeptes de Wicca est de ne jamais faire de mal à qui que ce soit.

Prue s'assit sur le bord de la scène.

— Tu sais, avant que nous prenions conscience de nos pouvoirs, je pensais que les gens qui croyaient en la sorcellerie étaient… comment dire…

— Bons à enfermer ? suggéra Phoebe.

— Ouais, c'est à peu près ça, approuva Prue. Et puis, lorsque j'ai vraiment pris conscience que nous étions des sorcières, il a fallu assumer le fait que nous étions dans le vrai et que les autres n'étaient que des arnaqueurs ou jouaient la comédie. Mais Adrienne est… différente. Elle a vraiment étudié l'histoire de la magie. Elle parle comme un livre lorsqu'elle démarre sur les herbes. Ça me semble être une fille bien, quelqu'un qui a les pieds sur terre.

Phoebe donna un petit coup de coude à Piper.

— Crois-tu qu'il soit possible que notre sœur – Mademoiselle-Je-N'ai-Pas-De-Temps-À-Perdre-Avec-Des-Amis – se soit fait une copine ?

Piper éclata de rire.

— Pas de conclusions trop rapides.

— Ce n'est pas facile de se confier à quelqu'un lorsqu'on est dans une situation comme la nôtre, leur fit remarquer Prue.

Piper hésita avant de se lancer. C'était pourtant le bon moment pour que chacune d'entre elles parle de la façon dont elles occupaient leur temps libre.

— J'ai postulé pour être le mentor d'une adolescente à problèmes.

Les mots se bousculaient dans la bouche de Piper. Elle sortit une enveloppe de sa poche arrière en la tripotant nerveusement.

— Je viens de recevoir aujourd'hui une lettre du *Sunrise Center*. Ma demande a été acceptée et ils m'ont attribué une gamine.

— Une gamine ? répéta Prue, la bouche grande ouverte comme si elle avait mal entendu.

— Et… c'est quoi, le *Sunrise Center* ? ajouta Phoebe.

Piper choisit la solution qui lui paraissait la plus sage en décidant de répondre d'abord à la question de Phoebe.

— C'est un centre pour les adolescents qui ont été mis à la porte de leur famille d'accueil ou des structures traditionnelles chargées de les encadrer.

Prue fronça les sourcils.

— Des structures traditionnelles ? Tu veux dire, des maisons de redressement ?

— La plupart des gamins du *Sunrise Center* sont là parce qu'ils en ont vraiment bavé, répondit Piper. Le *Sunrise* est un lieu où ils essaient de terminer leurs études ou de trouver un boulot.

Phoebe et Prue échangèrent un regard que Piper ne put déchiffrer.

— D'accord, avança prudemment Phoebe. Mais, c'est quoi, exactement, le rôle d'un mentor ?

— Je suis chargée d'être une sorte de grande sœur pour l'une des mômes qui vivent là-bas. Je la vois quelques heures par semaine, je l'aide à s'organiser : je peux également l'emmener au musée ou se balader dans un parc… enfin tout ce dont elle a besoin, pour s'épanouir.

— Piper, intervint Prue. Je ne pense pas que ce soit une bonne idée. Ça veut dire que tu vas être obligée de te montrer très proche d'une gamine qui se trouve en état d'absence de repères et qui souffre d'un manque affectif total. Je déteste apparaître toujours comme celle qui est un peu lourde, mais penses-tu vraiment que ce soit raisonnable qu'une étrangère vivant sur une autre planète que la nôtre intervienne dans nos vies ? Tu sais bien qu'une ado perturbée est toujours imprévisible. En plus, tu vas être obligée de t'occuper d'elle avec certaines restrictions. Il est hors de question qu'elle mette les pieds à la maison.

— J'en ai parfaitement conscience, répondit Piper, qui tentait de garder son calme. (Avant même qu'elle n'ouvre la bouche, elle connaissait la réaction de Prue.) Je sais parfaitement qu'il est impossible que quiconque, à part nous, ouvre *Le Livre des Ombres*, ou prenne connaissance de nos pouvoirs. En fait, je n'ai pas besoin de l'amener à la maison. Il y a suffisamment d'endroits dans la ville où nous pourrons nous rencontrer.

Elle cessa d'argumenter en constatant qu'aucune de ses deux sœurs ne paraissait convaincue. Elle décida d'adopter une attitude ferme.

— La démarche que je suis en train de faire, n'appartient qu'à moi seule. Vous n'avez rien à voir dans cette histoire.

— Je ne suis pas d'accord avec ça, s'insurgea Phoebe en s'asseyant sur le bord de la scène à côté de Prue. Je suis totalement d'accord avec Prue. Ce qui concerne l'une d'entre nous, nous concerne toutes les trois.

Piper n'en croyait pas ses oreilles. Elle était pourtant certaine que sa petite sœur allait la soutenir. Etre le mentor d'une adolescente du *Sunrise Center* représentait pourtant une très bonne cause.

— Ecoutez-moi bien. Ce dont je vous parle, c'est de passer un après-midi ou une soirée par semaine avec une gamine à qui personne n'a jamais offert ça. Cela peut être très important pour elle. J'ai vraiment envie de le faire, je vais donc le faire.

Puis elle se dirigea vers une table pour la nettoyer, tout en faisant signe à ses sœurs que la conversation était close. En laissant échapper un bâillement, Phoebe marmonna :

— Deux heures du matin, le ménage n'est toujours pas fait.

— Je dois être au boulot à huit heures, ajouta Prue.

Puis, elle se leva en jetant un coup d'œil autour d'elle.

— Piper, fais-moi plaisir ; ouvre-moi le local à poubelle, d'accord ?

Piper restait là, bras ballants et bouche bée.

— Pardon... tu ne vas pas...

Prue haussa les épaules, et une expression malicieuse se dessina sur son visage.

— Je sais que nous ne sommes pas supposées utiliser nos pouvoirs en notre faveur – mais dans ce cas précis, j'essaie de *t'aider*. Je triche juste un tout petit peu.

Pouffant de rire, Piper fila dans la cuisine et souleva le couvercle de la plus grande des poubelles. Puis, elle revint dans la salle où Piper fixait de ses yeux bleu acier, les tables qui se trouvaient devant elle, surtout celles sur lesquelles traînaient encore des bouteilles de bière vides. Les bouteilles commencèrent à léviter, flottant un instant dans l'espace, puis se déplacèrent directement dans la cuisine, pour atterrir dans la poubelle.

— Ouah ! Deux points, lança Phoebe, ébahie. Ça, même pour de la télékinésie, c'est un tir précis. Tu penses toujours aller jouer chez les Lakers ? Tu sais que tu ferais un carton.

Prue se contenta de lui sourire.

— Allez, dit-elle à sa sœur, on s'en va.

Piper alla dans la cuisine pour mettre le lave-vaisselle en marche, lorsque quelque chose d'étrange la troubla. Elle avait aperçu une ombre bouger derrière la fenêtre.

— Qui est là ? cria-t-elle.

Sa nuque fut parcourue de picotements.

— Où ça ? demanda Phoebe.

Piper tendit le bras vers la fenêtre.

— Là. J'ai vu quelqu'un, juste là, qui était en train de nous observer.

CHAPITRE 2

Phoebe et Piper se précipitèrent vers la fenêtre.

— Je ne vois personne, affirma Phoebe.

— Moi non plus, mais regardez les buissons, dit Piper en baissant la voix. Les branches sont cassées sur toute une rangée. Comme si quelqu'un s'y était frayé un chemin.

Prue rejoignit ses sœurs près de la fenêtre : elles avaient l'air très inquiètes. Elle ne put s'empêcher de soupirer :

— De toute façon, même s'il y avait quelqu'un, il est parti depuis longtemps. Allez, on rentre à la maison, il faut aller dormir un peu.

— En plus, il fait nuit noire, ajouta Phoebe sur un ton vif, et nous ne sommes même pas certaines que Piper ait vu une personne ou un chien…

Ou un démon, pensa Piper.

Elle attrapa les clés pour fermer le club.

— Les filles, je n'en suis pas certaine, mais j'espère que cette agréable et calme période de tranquillité que nous vivons, ne vient pas tout simplement de s'achever.

Plus tard dans la matinée, Phoebe monta dans la voiture à côté de Piper, et lui indiqua la direction à prendre.

— Tu tournes au coin de la rue, ensuite, c'est le second bâtiment sur la gauche.

La voiture de Phoebe ayant refusé de démarrer, Piper lui avait proposé de la déposer à son cours.

— C'est là ! Tu vois cette petite boutique avec des caractères japonais, c'est mon dojo.

Rien qu'en regardant la devanture, Phoebe se sentit pleine d'énergie. Elle était tellement heureuse de s'occuper d'elle : ça la rendait forte, positive.

Piper s'arrêta en bâillant juste devant l'école de karaté :

— Je suis juste en train de me remettre du ménage de cette nuit. Où trouves-tu l'énergie pour aller suivre un cours de karaté, alors que nous avons à peine dormi cinq heures ?

Phoebe prit son sac de sport posé sur le siège arrière.

— Prue est bien partie chez Buckland à la première heure, répondit-elle à sa sœur. Elle a encore moins dormi que moi.

— Prue est un automate, ronchonna Piper.

Elle adressa à sa sœur un large sourire.

— Mais ne lui répète surtout pas que je t'ai dit ça.

— C'est juré !

Puis Phoebe sortit de la voiture et se pencha sur la portière.

— Merci pour la promenade.

Piper fit un signe de la tête en direction d'un grand costaud qui entrait dans le dojo.

— J'arrive pas à croire que tu puisses battre un type de ce gabarit.

— Pas pour l'instant, mais je travaille pour y parvenir, dit Phoebe avec malice.

Elle fit un signe de la main à sa sœur qui redémarrait, puis se dirigea vers le dojo. Elle salua en entrant, et signa la feuille de présence posée sur le bureau de l'accueil.

Deux élèves plus anciens, en tenue de karatéka ceinte de ceintures marron, s'entraînaient au milieu du tatami. Phoebe réprima un sentiment d'agacement en les regardant. Au bout de deux semaines, elle n'était que ceinture blanche, autrement dit dans la classe des débutants. Elle espérait pouvoir s'entraîner très vite avec des élèves plus forts.

Phoebe avait pourtant un doute : se mentait-elle ou avait-elle fait le bon choix ?

Elle se dirigea vers le vestiaire des femmes pour enfiler sa tenue de karatéka, du nom de *gi* : celle-ci était constituée d'un pantalon en épais coton blanc, ainsi que d'une veste ressemblant à un kimono. Puis, elle prit sa ceinture en toile blanche pour la nouer autour de sa taille. A côté d'elle, une femme relativement âgée – elle devait avoir environ soixante-dix ans – nouait, quant à elle, une ceinture verte autour de sa taille. Phoebe sourit intérieurement. Surtout lorsqu'elle réalisa que « Mamy » était capable de lui faire mordre la poussière. Mais Phoebe était certaine qu'un jour – un jour très proche – elle aussi porterait une ceinture de couleur.

Une fois prête, elle monta sur le tatami et salua de nouveau. Elle choisit un endroit éloigné des deux ceintures marron pour faire ses étirements. Chacun des mouvements qu'elle effectuait la rendait plus forte.

Phoebe se tenait en équilibre sur une jambe pour faire travailler ses mollets, lorsqu'elle remarqua une ombre sur le tapis. Il y avait quelqu'un derrière elle. Elle leva les yeux et demeura la bouche ouverte d'admiration. Waouh ! Quel choc ! Un jeune homme –

il ne devait pas avoir beaucoup plus de vingt ans – était debout, en train de tendre les bras en direction du plafond. Ses cheveux bruns tombant sur ses épaules se trouvaient retenus par une queue de cheval qui soulignait ses pommettes haut placées et son teint hâlé. Totalement concentré sur son exercice, un éclat extraordinaire se dégageait de ses yeux sombres. Certes, sa tenue n'était pas très bien ajustée ; par contre, Phoebe pouvait voir qu'il était mince et musclé. Et qu'il portait lui aussi une ceinture blanche.

Une ceinture blanche ! Il serait dans son cours !

Il regarda Phoebe, sourit, tout en lui faisant un salut timide. Phoebe se releva pour lui rendre son salut. Elle se mordit la lèvre, et une sorte de rictus qu'elle sentait un peu idiot se forma sur son visage. Enfin… surtout étrange. Ça devait bien être la première fois qu'elle commençait un flirt en *saluant* un garçon !

Sensei Towers, un jeune Jamaïcain portant une ceinture noire troisième dan, avança sur le tapis. Bon, Phoebe savait que ce n'était pas le moment d'engager la conversation. Elle s'aligna avec les autres élèves, qui tous, saluèrent le maître : le cours pouvait commencer.

Phoebe se rappela la première chose que Sensei leur avait enseignée : s'agenouiller et méditer. Ça, elle se sentait capable de le maîtriser. Les étirements, tout comme les exercices d'échauffement, lui plaisaient bien, mais les coups d'œil discrets que lui lançait le nouvel élève la rendaient distraite.

Il avait l'air d'être un gymnaste accompli. Elle le regarda exécuter un retourné arrière d'une souplesse incroyable. Il n'aurait certainement aucun problème pour passer aux ceintures suivantes. Pas besoin de se servir de son don de vision pour en être sûre.

Lorsqu'ils furent tous alignés, Sensei donna à chacun d'entre eux des applications différentes suivant la couleur de leurs ceintures. Les ceintures blanches devaient faire un exercice consistant en trois attaques et trois blocages. Dans un ensemble bien synchronisé, tous les débutants réussirent.

Attaquer, bloquer, attaquer, bloquer, attaquer, bloquer. Phoebe ne s'en sortait pas trop mal. Elle ne s'était jamais trouvée dans une situation où elle aurait pu se sentir humiliée. Et – cerise sur le gâteau – elle ne s'était pas du tout montrée empotée face au beau gosse.

— Yamada, concentre-toi plus fort sur tes attaques ! hurla Sensei. Concentre-toi !

Phoebe observa le nouveau ; stupéfaite, elle arrêta ses exercices. Il se déplaçait avec une concentration et une précision qui n'étaient pas celles d'un débutant. Il était même capable de bloquer, d'un simple geste, des coups qui se présentaient devant lui, ce qu'aucune ceinture blanche ne savait encore maîtriser.

— Phoebe, pourquoi tu ne bloques pas ? demanda Sensei Towers.

— Oh ! si, j'y arrive, lui répondit Phoebe en levant son bras droit.

— Bloque du gauche ! lui ordonna le maître. Bloque du gauche !

Phoebe se sentit rougir tandis qu'elle changeait de position, tout en se frayant un passage au milieu des autres élèves.

— Bloque en haut du gauche, envoie un coup du droit au niveau de la poitrine, bloque en bas à gauche, murmura-t-elle, en essayant de bien enchaîner la séquence.

Puis, son regard croisa une fois de plus celui du

nouvel élève. Il réalisait parfaitement cet enchaînement.

Sensei Towers avança vers elle en la regardant droit dans les yeux.

— Phoebe ? Quel est ton problème ?

Phoebe était fascinée par le superbe garçon : se concentrer devenant difficile, elle trouva immédiatement une excuse :

— C'est le blocage du bas. Je crois que je n'arrive pas suffisamment à baisser mon bras gauche.

— Non, ça va.

— Mais, il faut bien qu'en premier la main gauche s'approche de l'oreille droite. Là, je m'y perds, expliqua Phoebe.

Sensei eut un léger sourire.

— Kenji, s'il te plaît, approche-toi.

Le nouvel élève vint se placer à côté d'elle. C'était bien Kenji. Des frissons lui parcoururent le bas du dos. Son vrai nom était donc Kenji Yamada.

Sensei Towers lui fit un signe de la tête :

— Kenji, s'il te plaît, viens expliquer à Mlle Halliwell.

— Avec grand plaisir. Suivez-moi, dit Kenji.

Jusqu'au bout du monde, pensa Phoebe. Elle sourit de sa bêtise, puis se concentra sur l'exercice à effectuer. Kenji reprit lentement le mouvement du début à la fin, pour que Phoebe l'assimile bien. Ça y était, elle avait compris. Kenji la complimenta en lui adressant un large sourire.

Phoebe prit conscience qu'en plus, il avait une voix séduisante, sombre et douce à la fois.

Sensei Towers intervint, après les avoir observés.

— Travaillez à présent les mouvements d'autodéfense. Combinaison numéro un, toujours tous les deux.

Les mouvements d'autodéfense que Phoebe avait appris, consistaient en une série de gestes correspondant à des situations bien particulières que sont les bagarres de rue. La plupart des écoles d'arts martiaux n'incluent pas ces exercices dans leurs cours, mais c'était pourtant le genre d'enseignement qu'elle recherchait. Elle était vraiment heureuse que Sensei Towers l'ait compris d'emblée.

La combinaison numéro un consistait à contrer une attaque venant de l'arrière, et à la bloquer avec les bras.

— Prête ? demanda Kenji.

— Prête.

Phoebe se sentait comme une gamine. Parfait ! Kenji représentait définitivement le garçon idéal dans les bras duquel elle avait envie d'être.

Kenji se mit derrière elle, et l'enlaça. Elle pouvait même sentir l'odeur légèrement acide de son aftershave à base de citron. Elle se laissa aller en arrière contre lui, et sentit comme un fluide électrique passer entre eux.

— Allez-y, ordonna Sensei Towers.

Boum ! Phoebe se retrouva au sol, et la tête lui tournait. Qu'est-ce qui s'était passé exactement ?

Kenji la regarda de ses yeux de braise, avant de lui demander si tout allait bien.

Phoebe se releva, se frotta la hanche, et acquiesça de la tête tout en lissant son kimono. Oups ! L'amour pouvait parfois faire mal, pensait-elle avec un air contrit.

— Tu dois d'abord me bloquer les bras, et me mettre à terre, lui expliqua Kenji. Allez, on recommence.

Phoebe accepta avec plaisir, trop heureuse de sentir une nouvelle fois la pression de ses bras autour d'elle.

— Maintenant, il faut que tu me donnes un coup de pied avec ton talon, ensuite que tu te serves de tes mains comme des ciseaux pour m'obliger à écarter les bras. Enfin, tu recules d'un pas, tu pivotes, tu balayes ma cheville, et…

Kenji lui décomposait lentement le mouvement à effectuer. Phoebe le regardait, fascinée par la fluidité de ses gestes. Il se laissa tomber avec grâce sur le sol.

— Et là, tu me balances un coup dans la gorge.

— Je pense que je ne vais pas aller jusque-là cette fois-ci, répondit Phoebe sur le ton de la plaisanterie.

Elle lui tendit les mains pour l'aider à se relever.

— Il y a un truc que je ne pige pas. C'est quoi, ton secret ? Comment fais-tu pour être aussi précis pour un débutant ?

— Je te le dirai à la fin du cours, lui promit Kenji en lui lançant un clin d'œil.

Le sang de Phoebe ne fit qu'un tour. Après le cours ? Mais c'était une proposition plus qu'intéressante !

Le reste du cours était réservé au *kata* – une série de mouvements destinés à combattre un adversaire imaginaire. Au bout de quelques exercices, Phoebe s'assit dans un coin pour regarder ceux qui avaient des ceintures de couleur. Lorsque ce fut le tour des ceintures marron, Sensei fit signe à Kenji de se joindre au groupe.

Phoebe ouvrit des yeux comme des soucoupes lorsqu'elle le vit les rejoindre pour exécuter avec une souplesse parfaite les enchaînements de coups de pied, de sauts, et de touches. Elle croyait assister à une démonstration de Jackie Chan ! Mais d'où ce type sortait-il ?

A la fin du cours, Phoebe nettoya le dojo avec les autres élèves, puis fonça se rhabiller. Elle s'examina dans la glace du vestiaire : son gilet en tricot vert olive, son pull-over assorti, et son pantalon flottant noir n'étaient pas très sexy, mais après tout, le nouveau l'avait déjà vue vêtue d'un *gi* peu flatteur. Cet ensemble représenterait donc un progrès.

Avant de sortir, elle salua en quittant le dojo. Kenji l'attendait sur le trottoir ; c'était exactement ce qu'elle espérait. Lui aussi s'était changé : il portait un T-shirt et un jean noirs, suffisamment serrés pour laisser deviner les formes de son corps.

— On va boire un café ? lui proposa-t-il.

— D'accord pour prendre un pot, mais pour moi ce sera un thé glacé. On peut aller dans ce nouveau grand café, le *Leaf and Bean*. Il est juste en bas de la rue ; ils y servent les thés les plus délicieux que je connaisse.

— Ça marche !

Kenji lui adressa le sourire le plus étourdissant que Phoebe n'eût jamais vu.

Ils se dirigèrent en direction de la boutique. Le brouillard avait à nouveau envahi la baie, l'air s'était rafraîchi. Phoebe s'emmitoufla le mieux possible dans son gilet.

— Bon, ben… faisons connaissance. Je m'appelle Phoebe…

— Je sais. Tu t'appelles Phoebe Halliwell, lui rétorqua Kenji.

Phoebe fronça les sourcils.

— Attends, comment le sais-tu ?

— Sensei a dû prononcer ton nom au moins cinq fois pendant le cours, lui expliqua-t-il.

— Pigé. Alors, homme mystérieux, c'est à ton tour

de te présenter. Qui es-tu ? D'où viens-tu ? Et comment se fait-il qu'une ceinture blanche connaisse les mouvements exécutés par les ceintures marron et puisse décomposer les mouvements aussi bien que le professeur ?

Kenji sourit.

— Mon nom est Kenji Yamada. De San Diego. Je ne suis ici que depuis une semaine, dit-il en se rapprochant d'elle. Et je vais t'avouer mon secret : je suis ceinture marron dans une discipline assez proche, que j'ai pratiquée là-bas pendant cinq ans. Le karaté est un art voisin, mais Sensei Towers a tenu à ce que je recommence avec une ceinture blanche pour être sûr que je prenne bien mes marques.

— Fainéant ? plaisanta Phoebe sur un ton amical.

— Oh non, ce n'est pas ça. C'est une habitude courante lorsque l'on change d'école, expliqua Kenji.

— *Leaf and Bean*. On est arrivé, dit Phoebe.

Ils poussèrent la porte et se glissèrent à une table près de la vitrine. Ils se plongèrent tous les deux dans la carte des thés : toutes les propriétés spirituelles ou médicinales que chaque infusion proposée était supposée posséder y étaient expliquées.

Phoebe réalisa que c'était un peu le même style d'explications que les préparations décrites dans *Le Livre des Ombres*. C'était sans doute pour ça que Phoebe aimait autant cet endroit.

Une serveuse s'approcha pour prendre la commande.

— Je vais prendre un thé Chai glacé, lui dit Phoebe.

— Est-ce que l'un de ces thés peut rendre invincible ? demanda Kenji.

La serveuse lui lança un regard étonné.

— Pardon ?

— Ce n'est pas grave. Je vais prendre un thé vert chaud, sans sucre.

— Pourquoi invincible ? s'enquit Phoebe lorsque la serveuse se fut éloignée.

— Ouais. Sensei m'a dit aujourd'hui qu'il allait me mettre dans un cours intermédiaire et (il grimaça) me faire participer à un tournoi.

— Un tournoi ? Ouah !

Phoebe n'en était même pas au stade où elle envisageait de faire de la compétition.

— Il y a un grand meeting la semaine prochaine à Oakland qui réunit toutes les écoles de la baie. Sensei m'a juste dit que, si j'envisageais d'obtenir un jour une ceinture noire, il fallait que j'y participe.

— T'en as déjà fait ?

— Oui. Jusqu'à l'année dernière, expliqua Kenji. En fait, j'ai voulu continuer mes études et je me suis moins entraîné. Du coup, je me suis un peu rouillé.

Phoebe posa sa main sur le bras de Kenji pour le rassurer. Il ne semblait absolument pas manquer d'entraînemcnt.

Une lumière vive lui traversa les yeux. Elle sentit la montée d'énergie qui précédait toujours ses prémonitions. Ça se précisait. Un flot d'images lui envahit le cerveau :

Kenji, sur le tatami, bouge avec légèreté et facilité.

Kenji attaque son adversaire avec une technique d'une rare efficacité.

L'adversaire frappe. La tête de Kenji part en arrière… il a pris un coup dans la mâchoire.

La scène change. Des applaudissements retentissent.

Kenji brandit en souriant le trophée de la seconde place.

Lorsque les images de sa vision s'effacèrent, Phoebe cligna des yeux. C'était terminé. Elle sourit.

— Phoebe, à quoi penses-tu ? demanda Kenji.

— Pardon ?

Zut ! Elle se demanda combien de temps avait duré sa vision. Il fallait qu'elle redescende sur terre au plus vite.

— A rien de spécial. J'étais juste en train de regarder la serveuse. Elle en met du temps pour servir deux malheureux thés.

— Ouais, c'est vrai. J'espère que (il regarda de nouveau la carte) les *propriétés de concentration* du thé vert vont m'aider pour ce tournoi.

La serveuse arriva enfin et posa les deux verres sur la table. Phoebe tourna son thé glacé avec une paille.

— Ce thé est supposé apporter équilibre et calme.

— Je devrais sans doute en commander un stock, dit-il en plaisantant. J'en aurai certainement besoin après le tournoi.

Phoebe sourit en se rappelant la fière expression que le visage de Kenji arborait dans sa vision.

— Tu n'as aucun souci à te faire, le rassura-t-elle.

— T'en es certaine ? demanda Kenji en arquant les sourcils. En fait, tu es en train de m'expliquer que je dois garder mon calme, alors que je vais peut-être perdre quelques dents ?

Phoebe se mordit les lèvres. Kenji semblait si nerveux. Pouvait-elle lui confier ne serait-ce qu'une toute petite partie de sa vision ? Lui faire comprendre ce qu'elle avait vu ?

Et pourquoi pas ? Après tout, ça ne ferait de mal à personne.

Elle se pencha vers lui.

— Fais-moi confiance. TOUT va bien se passer. Je pense, en fait, que tu finiras au moins second.

Les yeux sombres de Kenji ne pouvaient pas quitter Phoebe.

— Pourquoi as-tu l'air aussi sûre de ça ?

Gênée par le secret qu'elle détenait, Phoebe se redressa. Il ne fallait surtout pas qu'elle parle trop, mais qu'elle se contrôle.

Elle éclata de rire, comme si Kenji venait de dire quelque chose de drôle.

— Mais non, idiot, je n'en suis pas *sûre*. (Elle lui donna une tape amicale sur le bras.) T'inquiète pas, je ne lis pas dans l'avenir ou tout ce genre de trucs.

— Tu ne m'as jamais vu combattre, insista Kenji. (Son regard devenait de plus en plus intense.) Comment peux-tu dire que je vais terminer deuxième ?

— Sensei ne t'aurait jamais engagé dans ce tournoi, s'il pensait que tu n'avais pas une seule chance de te qualifier, lui répondit Phoebe.

L'argument était logique.

— Là, tu viens de marquer un point, concéda Kenji. Est-ce que tu viendras me supporter ?

Le cœur de Phoebe se mit à battre. Il venait bien de l'inviter à venir le voir !

Oh non ! Elle avait plein de choses prévues pour samedi prochain. Il fallait qu'elle nettoie la cave avec Prue. Zut !

— Je suis désolée, j'ai déjà pris d'autres engagements.

— Je comprends, se contenta de répondre Kenji avant d'avaler une gorgée de thé.

Phoebe n'arrivait pas à savoir s'il était réellement déçu.

— En plus, tu seras tellement absorbé par ce tournoi, que tu ne feras même pas attention à ma présence.

Kenji couvait pratiquement Phoebe du regard.

— Crois-moi. Si tu es là, je remarquerai ta présence.

Se sentant rougir, Phoebe changea de conversation.

— Bon... dis-moi, pourquoi as-tu quitté San Diego ?

— Pour Berkeley. C'est une des meilleures écoles d'ingénieurs de tout le pays. Et toi, tu vas en fac ?

— Non. Je viens d'arriver à San Francisco. Je vivais à New York, mais je suis revenue car ma grand-mère est récemment décédée, et avec mes sœurs, nous avons hérité de sa maison.

Kenji fronça ses sourcils.

— Toute une maison ? Pas mal.

— Nous y avons grandi, nous aimons beaucoup cet endroit. C'est une de ces grandes et anciennes bâtisses victoriennes que l'on voit dans certains quartiers.

— Moi, je ne vis que dans une minuscule chambre d'étudiant à Berkeley, avoua Kenji. C'est pas extraordinaire, mais c'est juste à côté du campus et c'est très abordable. (Il eut un haussement d'épaules.) De toute façon, je vais passer la plus grande partie de l'année devant un écran d'ordinateur. (Puis, il regarda de nouveau longuement Phoebe.) Non, en fait, je crois que je ne passerai pas tout mon temps assis à mon bureau.

Cette fois, Phoebe soutint son regard : elle ne devait pas relâcher son attention.

— Vraiment ? dit-elle sur un ton charmeur. Et pourquoi ça ?

Un petit sourire apparut sur le visage de Kenji.

— Pour me résumer, il y a beaucoup de choses que je voudrais apprendre à propos d'une dénommée Phoebe Halliwell.

CHAPITRE 3

Piper se tenait devant le *Sunrise Center*, une grande bâtisse en bois située à quelques kilomètres de la demeure des sœurs Halliwell. Cela faisait bien cinq minutes qu'elle était arrivée.

Elle espérait que la démarche qu'elle entreprenait était une bonne idée, aussi bien pour la jeune fille qui lui serait confiée que pour elle. Avant qu'elle n'ait eu cette discussion avec Prue et Phoebe, elle se sentait sûre d'elle dans son rôle de mentor. Mais, maintenant qu'elle était au pied du mur, elle avait besoin de mettre de l'ordre dans ses idées.

Finalement, Piper prit son courage à deux mains. Elle rejeta ses longs cheveux bruns sur ses épaules, avant d'appuyer sur la sonnette après avoir pris une profonde inspiration.

Un grand type, au genre un peu paternaliste, cheveux gras poivre et sel, portant des lunettes à monture d'acier, ouvrit la porte.

— Je peux vous aider ?

— Je suis Piper Halliwell…

— Oui, c'est vous qui vous vous êtes proposée pour devenir un de nos mentors. (Il lui tendit la main en lui adressant un sourire chaleureux.) Mon nom est Justin Morgan. Je suis le coordinateur du *Sunrise Center*. Entrez, je vous en prie.

C'était parti. Piper suivit M. Morgan dans les dédales du grand bâtiment. Les rayons du soleil perçaient au travers de diverses lucarnes, éclairant le sol recouvert de linoléum. M. Morgan conduisit Piper dans ce qui pouvait ressembler à un salon. En fait, il s'agissait d'une immense pièce dans laquelle s'alignaient des tables de pique-nique et des bancs : visiblement, c'était le réfectoire.

Ce centre de réinsertion semblait plutôt propre. Piper ne put pourtant s'empêcher de remarquer que tout sentait une odeur particulière, un mélange de désinfectant et de plats froids. Une atmosphère très éloignée de l'ambiance chaleureuse de la maison. Un sentiment de gratitude monta en elle. Ses sœurs, tout comme elle, avaient eu une chance inouïe de ne pas avoir grandi dans un pareil endroit. Une chance renforcée par le fait que Grams se soit occupée d'elles.

— Si vous le désirez, je vous ferai faire le tour du propriétaire un peu plus tard, lui dit M. Morgan. Mais en tout premier lieu, je voudrais vous parler du programme.

Il emmena Piper dans son bureau ; la pièce, disposée avec ordre et agréablement meublée, comportait un grand secrétaire, des dossiers suspendus dans une armoire métallique, ainsi que de nombreuses chaises qui semblaient très confortables.

— Asseyez-vous, je vous en prie. Avez-vous lu la littérature que nous vous avons envoyée ?

— A la virgule près. Et deux fois de suite.

Piper se mordit les lèvres, avant de se décider à lui livrer le fond de sa pensée.

— M. Morgan, le programme que vous proposez est réellement passionnant, mais je préfère vous avouer franchement que je ne sais pas vraiment si je serai capable de l'assumer. J'ai un boulot qui me prend énormément de temps ; il faut que je me consacre aussi à ma famille, et pour être honnête, je ne sais pas du tout combien de temps je pourrai réserver à l'une de ces gamines.

M. Morgan la regarda droit dans les yeux.

— Pouvez-vous vous libérer deux heures par semaine ?

— Deux heures ? C'est tout ?

M. Morgan lui fit un sourire chaleureux.

— Ne vous inquiétez pas. Ces petites sont totalement irrésistibles. Une grande partie des mentors s'investissent de plus en plus au fur et à mesure qu'ils les connaissent, et finissent par leur consacrer plus de temps qu'ils ne l'avaient prévu au départ. Mais le contrat de base stipule que vous leur consacriez deux heures par semaine.

— Enoncé de cette façon, ça me semble tout à fait possible, reconnut Piper.

— Nous voulons que ces gosses ne perdent pas le contact avec le monde extérieur, lui expliqua M. Morgan. Qu'elles rencontrent quelqu'un qui mène une vie différente de celle qu'elles connaissent dans le centre. Une référence, en quelque sorte.

Piper sourit intérieurement à l'idée de ce que M. Morgan penserait s'il savait qu'il allait donner une sorcière en modèle à l'une de ces gamines. Prue avait sans doute raison, ce n'était peut-être pas une bonne idée.

M. Morgan continua :

— Quelqu'un qui ait une vraie place dans la société. Quelqu'un dont le quotidien ne consiste pas à acheter ou à vendre de la drogue, quelqu'un qui soit totalement différent de tous ceux qu'elles ont croisés jusqu'à présent. En fait, le fond du problème, c'est qu'il faut que ces gamines arrivent à s'intéresser à quelque chose de positif. Elles n'y arriveront jamais si elles ne sentent pas un environnement qui soit comme leur famille. Elles n'ont aucun repère.

Les mots employés par M. Morgan venaient de taper dans le mille. C'était exactement pour ces raisons que Piper s'était portée volontaire ; elle voulait essayer d'apporter un peu de réconfort à un être qui avait eu moins de chance qu'elle. Peu importait qu'elle soit une sorcière, elle se sentait capable d'accomplir cette tâche.

— Je peux le faire. Ou, du moins, je peux essayer…

— Bien.

Le directeur lui sourit.

— Etes-vous prête à rencontrer la fille dont vous allez devoir vous occuper ? Elle s'appelle Celeste. Elle est ici depuis environ trois mois.

Il tendit à Piper le dossier concernant Celeste, qu'elle lut en diagonale.

— Et qu'est-ce qui se passera si elle ne me fait pas confiance ? Enfin… si le courant ne passe pas bien entre nous ? Si je suis un mauvais mentor ?

M. Morgan réfuta ses interrogations.

— Vous êtes en train de penser négativement. Ne perdez jamais de vue que ces mômes ont simplement besoin de repères. Sans cela, ils souffrent. Il faut tout simplement que vous soyez positive, et ça marchera.

Piper acquiesça.

— Bon, nous allons interrompre le suspense, ajouta M. Morgan. Je vais vous présenter Celeste.

Ils se dirigèrent vers une petite pièce donnant sur

l'entrée principale. Une gamine était assise sur une chaise pivotante, les pieds posés sur le rebord de la fenêtre.

— Bonjour, Celeste, dit-il.

En entendant son nom, la fille effectua un demi-tour sur son siège. Une lueur d'intérêt, qui ne dura qu'une fraction de seconde, brilla dans ses yeux bleu pâle lorsqu'elle vit Piper. Etait-ce de la prudence, de la nervosité ? Piper se montra incapable de le savoir.

Celeste était une enfant mince, qui semblait plutôt avoir dix ans que les treize notés dans son dossier. Elle arborait une jolie coupe de cheveux courte qui mettait en valeur ses cheveux blonds tirant sur le roux. Elle portait un T-shirt trois fois trop grand pour elle, qui ressemblait en fait à une salopette usagée.

Celeste n'avait toujours rien dit.

— Salut, lança Piper.

Elle allait lui tendre la main, puis se ravisa. Ce n'était pas une entrée en matière très décontractée.

— Je m'appelle Piper Halliwell.

— Celeste Bailey.

M. Morgan sourit.

— Bien, je vous laisse faire connaissance.

Il partait déjà ? Là, tout de suite ? Piper essaya de ne pas paniquer. Elle avait espéré qu'il serait resté plus longtemps pour faire les présentations, mais elle put garder son calme, car il n'y avait aucune trace d'hostilité dans l'attitude de Celeste. Elle semblait très calme, et son comportement n'avait rien de provocateur.

M. Morgan referma la porte derrière lui. Piper s'assit sur la chaise pliante qui se trouvait juste à côté de Celeste.

— Bon… commença-t-elle.

Elle se sentait gênée, et s'arrêta net lorsqu'elle se rendit compte qu'elle ne savait vraiment pas quoi dire. Comment faire ?

Celeste se contentait de l'observer : elle ne pourrait pas obtenir d'aide de sa part.

Piper remit ses idées en ordre. Elle chercha quel était l'un des premiers paragraphes de la charte du *Sunrise Center*. Ah oui ! « Dès la première rencontre, il convient de trouver un sujet de conversation. » Et puis d'autres choses comme : « Présentez-vous et expliquez pourquoi vous avez entrepris cette démarche auprès du *Sunrise*. » Piper se lança :

— Eh bien… en fait, ça faisait déjà un bout de temps que j'étais au courant du programme, et que je voulais jouer un rôle de mentor.

— Ah ouais ?

Si Piper avait pu enregistrer la réaction de Celeste sur une échelle allant de un à dix, elle devait atteindre le niveau deux.

Elle se sentait quand même très frustrée : elle avait espéré, qu'au moins, elle lui demande pourquoi. C'est alors qu'elle réalisa que c'était elle, l'adulte, et en tant que tel, elle se devait de mettre Celeste à l'aise. Il fallait qu'elle fonce.

— En fait, j'ai beaucoup de chance parce que j'ai deux sœurs. Par contre, nous n'avons jamais vraiment connu nos parents. Mon père est parti dès la naissance de ma petite sœur, et ma mère est morte lorsque nous étions encore enfants. Alors, du coup, avec mes deux sœurs, nous nous sommes serré les coudes. C'est pour cette raison que j'ai toujours voulu aider quelqu'un qui se retrouverait dans une situation proche de celle que nous avons connue. Une sorte de juste retour des choses.

Celeste acquiesça. Cependant, Piper se savait pas ce qu'elle avait derrière la tête. Que devait-elle faire ?

Piper jeta un coup d'œil sur le dossier de Celeste.

— Toi aussi, tu es orpheline ?

— Je n'ai jamais connu mes parents, lui répondit Celeste. Ils sont morts dans un accident de voiture alors que j'avais à peine un mois. Je suis pupille de la nation.

Elle prononça ces mots avec un sourire triste aux lèvres.

— Du coup, tu t'es retrouvée trimballée d'un centre à un autre.

Piper se dit que ce n'était peut-être pas la meilleure façon d'engager la conversation, mais ça représentait toujours un début.

— Non, dans des familles d'accueil, expliqua Celeste. Dans la dernière... le père me faisait des propositions bizarres. L'assistante sociale m'a promis de me placer dans une autre famille. Mais je ne pouvais pas attendre. Alors, je me suis taillée.

— Et c'est comme ça que tu t'es retrouvée ici ? enchaîna Piper qui prenait conscience de tout ce que Celeste avait déjà dû vivre malgré son jeune âge. Pas étonnant que ce soit difficile de communiquer.

Celeste eut de nouveau un petit sourire triste.

— Ben... ouais. Mais avant, j'ai été arrêtée.

Piper eut envie de lui demander pourquoi, mais elle décida que ce n'était certainement pas le moment. D'ailleurs, elle pourrait le savoir par M. Morgan quand elle le jugerait nécessaire. Et puis, ce n'était qu'un détail, que ses sœurs n'avaient pas besoin de connaître.

— Le juge m'a donné le choix, continua Celeste.

Une maison de correction ou le *Sunrise Center*. (Elle pivota sur sa chaise en levant les mains.) J'avais pas le choix.

— Tu te plais ici ? demanda Piper.

Celeste plissa son petit nez.

— Ça paraît sympa, la nourriture est dégueulasse, mais l'ambiance est pas mal.

Celeste baissa les yeux pour regarder sa montre, sans cesser d'en tripoter le bracelet. Piper comprit que c'était à elle de parler.

— Bon… dis-moi, qu'est-ce que tu aimes faire ? lui demanda-t-elle, espérant qu'elles trouveraient un terrain commun. Enfin, quelles sont tes distractions favorites ?

— Mes distractions favorites ? reprit-elle avec un haussement d'épaules. Je sais pas… je lis beaucoup. Et puis… (Après avoir baissé les yeux, elle regarda de nouveau Piper.) J'aime faire la cuisine.

— Faire la cuisine ?

Bingo ! Piper eut envie de crier. Ça ne pouvait pas tomber mieux.

— Tu sais, je suis cuisinière ! En fait, j'ai dirigé un restaurant. Et maintenant, j'ai acheté un bar où on sert des tapas sympas. De temps en temps, je prépare des plats spéciaux. J'adore cuisiner. C'est toute ma vie.

Elle en bafouillait presque.

— C'est vrai ? demanda Celeste.

— De temps en temps, on pourrait peut-être faire la cuisine ensemble… proposa Piper. Pendant la journée, je pourrais t'emmener au restaurant et te laisser les fourneaux. Il y a un four en brique et un équipement très original.

La jeune fille se contenta de hocher la tête.

— Je suis des cours de remise à niveau, ici, au centre.

— Alors, tu veux aller au collège ?

La gamine ricana :

— Non, je crois que je vais essayer de trouver un boulot. Je veux pas finir à la plonge dans une soupe populaire.

Ouf ! Deux à zéro. Piper comprit qu'elle se devait d'intervenir.

— Ecoute, je suis désolée de te poser des milliers de questions. Je ne suis pas en train de t'interroger. Je veux juste en savoir un peu plus sur toi, pour que nous puissions devenir amies. Par exemple, t'es-tu fait des copines, au centre ?

— Une, répondit Celeste. Enfin, du moins je crois.

— Qu'est-ce que tu veux dire par là ?

Le regard bleu pâle de Celeste rencontra celui de Piper.

— M. Morgan nous a dit qu'ils n'avaient pas assez de mentors pour chacune de nous, et du coup, ma copine Daria n'en a pas. Et ce qui est bête, c'est que c'est elle qui voulait un mentor, alors, elle était très énervée quand je suis descendue vous rencontrer.

— Ah !

Piper réalisa que Celeste commençait, enfin, à se laisser aller. Elle était en train de dévoiler toute la culpabilité qui l'oppressait. Ça y était, elle avait trouvé la solution parfaite !

— Celeste, qu'est-ce que tu dirais si je te proposais d'être à la fois ton mentor et celui de Daria ; toutes les deux ensemble.

Celeste écarquilla ses grands yeux bleus.

— Vous feriez ça ?

— Il faut d'abord en parler à M. Morgan, mais pourquoi pas ? dit Piper avec un léger haussement d'épaules. Plus on est de fous, plus on rit ! T'es pas d'accord ?

Celeste sourit vraiment pour la première fois : Piper avait atteint son but. Elle avait réussi à la mettre à l'aise.

— Ça serait *vraiment* cool ! lui dit Celeste en se levant. On va dans ma chambre ? Je la partage avec Daria. Vous pourrez vous rencontrer. Elle ne va pas en revenir !

— Pas de problème !

Piper suivit la gamine jusqu'au troisième étage, pour finalement atterrir dans une petite pièce étroite, située au bout d'un couloir. L'un des murs comportait des lits superposés ; sur celui d'à côté se trouvait une armoire peinte en orange vif. Un bureau de bois en mauvais état ainsi qu'une chaise occupaient le troisième mur. Des posters de groupes alternatifs étaient punaisés un peu partout.

Une jeune fille aux cheveux courts mal taillés et teints en bleu se tenait sur le lit du bas, appuyée contre le mur. Elle était habillée d'un pull gris informe et d'un pantalon douteux. Piper se dit qu'elle avait certainement été au bord de la clochardisation.

— Salut.

Celeste s'écroula sur le lit à côté d'elle.

— Je te présente mon mentor, Piper.

Daria leva la tête et jeta un regard à Piper.

— Salut, dit-elle d'une voix morne.

Celeste sourit à Piper, puis à Daria.

— En fait, c'est aussi ton mentor, finit-elle par dire.

Daria plissa les yeux.

— De quoi tu parles ?

— J'ai parlé de toi à Piper, elle est d'accord pour être aussi ton mentor !

— Tu t'moques de moi ? demanda Daria, visiblement sur la défensive.

Piper s'approcha d'elle.

— Si M. Morgan est d'accord, tu peux compter sur moi. Ça t'intéresse ?

Le visage de Daria s'illumina.

— Oui ! Oui, oui, oui ! hurlait-elle.

Daria faillit faire tomber Piper en sautant de son lit.

— J'arrive pas à y croire ! C'est incroyable, extra, super !

Daria prit Celeste dans ses bras. Puis, en éclatant de rire, Daria fit de même avec Piper avant de s'asseoir sur le bureau. Elle se mit à balancer ses jambes.

— D'accord, mentor. Alors qu'est-ce qu'on fait ? On s'voit quand ? Comment on s'organise ? Et où ?

Piper leva une main en l'air.

— Stop ! Une chose après l'autre. On se voit toutes les trois dans la semaine ? Disons, après-demain ? Daria, j'ai déjà dit à Celeste qu'on pourrait se faire une petite leçon de cuisine dans mon club. On peut faire de la pizza, avec la garniture de votre choix. Ça marche ?

— Ton propre club ? Ça, c'est vraiment cool. En plus, la pizza, c'est c'que je préfère au monde. Ouais, bien sûr que ça marche !

— Et toi, Celeste ?

— C'est formidable !

Daria se leva du bureau et ouvrit la porte de la minuscule armoire.

— Celeste, donne-moi un coup de main. J'm'habille comment ?

Piper évita de sourire. Elle observait Celeste tandis que Daria farfouillait dans l'armoire. Elle semblait être quelqu'un de beaucoup plus calme que sa camarade de chambre. Il était difficile de comprendre ce qu'elle pensait réellement. Piper sentait qu'il lui faudrait du temps avant de percer les secrets de Celeste. Certes, elle paraissait plus heureuse depuis qu'elle lui avait proposé d'inclure Daria dans le programme. Aussi, Piper ne regrettait pas de se porter mentor pour toutes les deux.

Cela dit, elle se retrouvait face à un grave problème : comment allait-elle annoncer la chose à ses sœurs ? Prue et Phoebe se montraient déjà réticentes au fait qu'elle soit mentor d'une fille, alors deux !

Daria sortit la tête du placard.

— Ça y est. J'ai trouvé ce qu'on allait mettre. Alors, on va manger une glace pour fêter ça !

Piper hallucinait. Alors qu'elle devait s'occuper de deux filles, voilà qu'elle se retrouvait avec deux filles et demie sur le dos !

CHAPITRE 4

Prue songeait qu'elle avait peut-être été un peu dure avec Piper lorsque celle-ci lui avait confié son envie d'être mentor. Elle descendait Church Street pour rejoindre la 24e Rue, une agréable brise chaude lui caressant le visage. Ça représentait une sacrée trotte pour arriver jusque chez Buckland, dont le siège était situé en plein centre-ville. Mais le ciel était dégagé, d'un bleu éclatant, la température idéale. Un temps parfait pour faire une balade.

Elle tourna à l'angle de la 24e Rue, l'artère principale de Noe Valley. La 24e Rue, pleine de mouvement et d'animation, était un endroit très agréable où s'alignaient des cafés, des restaurants, des librairies, des magasins branchés, ainsi que de nombreuses boutiques spécialisées. Prue se dit que, finalement, cette rue n'était qu'une suite de vitrines. Surtout en passant devant l'une d'entre elles, qui ne vendait que des ustensiles de cuisine très étranges.

Ses sœurs étaient peut-être dans le vrai. Prue commençait à croire qu'elle était soit toujours trop sur ses gardes, soit totalement paranoïaque. Qu'est-ce qu'il se passerait si elle décidait de faire comme Piper, de s'accorder un peu plus de liberté, d'oublier certaines barrières qu'elle s'imposait ? Elle prit une minuscule ruelle séparant deux boutiques de la 24e Rue. C'était la seule façon d'accéder chez *Full Moon*. Prue considérait que cet endroit était l'un des secrets les mieux gardés de toute la ville. Aucune enseigne, aucune indication : il fallait simplement savoir comment s'y rendre.

Cette boutique, qui ne proposait que des objets ayant trait à la magie, possédait l'apparence mystérieuse adéquate. Et puis, c'était vrai que son côté caché faisait partie de son charme.

Prue se souvint de la première fois qu'elle avait descendu cette ruelle pour ce rendre chez *Full Moon*. A l'époque, elle ne portait aucun intérêt à la boutique de Wicca, ni à tous ces gris-gris. Elle y était venue dans l'espoir de trouver la pièce manquante pour une vente aux enchères. Adrienne lui avait donné – et même plus encore – un sentiment d'amitié tel que Prue n'en avait plus ressenti depuis bien longtemps.

Un peu plus tard, elle avait découvert que la boutique d'Adrienne était très connue des adeptes de la secte de Wicca. *Full Moon* était visiblement incontournable pour les adeptes de magie blanche qui habitaient dans la région de Bay.

La ruelle débouchait sur une petite cour carrée, pavée et fraîche, grâce à la présence d'un poivrier de Californie, sous lequel trônait un banc en séquoia. Une fontaine composée d'ardoise et de cuivre coulait faiblement à côté, tandis que la brise soufflait doucement tout autour. Adrienne avait manifesté un talent réel pour transformer en oasis cet endroit situé en plein centre-ville. De toute évidence, cette femme possédait une énergie positive exceptionnelle.

Prue descendit les trois marches qui menaient à la boutique, puis ouvrit la porte. Adrienne, qui était au téléphone derrière un comptoir en bois, leva la tête, lui fit un sourire, puis un clin d'œil complice lorsqu'elle la reconnut. Elle posa une main sur le combiné.

— Excuse-moi. Je suis à toi dans une minute.

— Ne t'en fais pas. Je jette juste un coup d'œil, dit Prue.

Cette dernière réalisa qu'elle adorait traîner dans les magasins. Surtout lorsqu'ils étaient tenus par des gens comme Adrienne : une fille vraiment chic et sympa.

Prue s'engagea dans les allées remplies d'objets fascinants. On y trouvait de tout : des pierres runiques, des cartes de tarots, des livres sur la magie et la sorcellerie, des bougies, de l'encens, des cristaux, des coquillages, des huiles odorantes, des calices, des chaudrons, des dagues connues sous le nom d'*athames*, et puis, s'alignant sur des dizaines d'étagères, des flacons rangés bien en ordre, remplis d'herbes, de racines, de graines, de poudre. Bref, tout le matériel nécessaire pour jeter des sorts.

Adrienne rejeta ses longs cheveux blonds en arrière, qui retombèrent avec élégance sur ses épaules.

— Non, je suis vraiment désolée, mais je n'ai pas ça en stock, concluait-elle au téléphone en prenant un ton ferme. Non, je ne sais pas où vous pouvez trouver ce genre d'article. Désolée.

Puis elle raccrocha.

— Il y a des trucs que tu n'as pas dans ta boutique ? lui demanda Prue sur un ton moqueur.

Adrienne jeta un regard noir en direction du téléphone.

— Il voulait des clous en acier, des bougies noires, des vêtements pour poupée… bref, tout le matériel que l'on utilise en magie noire pour faire du mal. Je n'ai aucune envie, ni de l'aider, ni de l'encourager dans cette démarche.

Prue prit un air à la fois amusé et détaché.

— Ça t'arrive souvent d'avoir des appels de ce genre ? Enfin, de clients pratiquant la magie noire ?

Adrienne ramena une mèche de cheveux derrière l'une de ses oreilles.

— Non, pas trop. La plupart des gens dont la magie est un passe-temps savent que, dans cette boutique, je ne vends que des choses liées à la magie blanche.

Essayant de demeurer le plus naturelle possible, Prue haussa les épaules.

— Bof, c'était juste une question en l'air. De la simple curiosité.

Prue et ses sœurs avaient déjà eu affaire personnellement à des démons. Il lui arrivait de se demander combien d'entre eux traînaient dehors, tapis dans l'ombre, à attendre le bon moment pour s'attaquer aux *trois Charmed*. Ça la rendait même parfois paranoïaque. Sa devise secrète : « Ne fais confiance à personne » lui venait très souvent à l'esprit.

Adrienne se pencha au-dessus du comptoir, et croisa les bras.

— D'où que vienne la lumière, l'obscurité existe aussi. Les Chinois ont compris ça depuis des siècles.

Puis elle montra à Prue un collier posé dans la vitrine, dont le pendentif représentait le symbole du yin et du yang. Cet ancien symbole se composait de deux demi-cercles lovés l'un contre l'autre : l'un était blanc, l'autre noir. Chacun des deux contenait la semence de l'autre.

Ce symbole pouvait peut-être apprendre quelque chose à Prue. Le monde était partagé entre le bien et le mal. Elle aimait le bien. Prue fronça les sourcils. Elle devrait peut-être changer sa devise en : « Accorde ta confiance à quelqu'un, mais fais bien attention à qui. »

— Alors, que puis-je pour toi ? s'enquit Adrienne.

Prue était tentée de dire la vérité, de révéler à Adrienne qu'elle l'aimait bien, et qu'elle était venue ici uniquement pour lui faire un petit coucou. Mais, elle… ne sentit pas la chose. Trop risqué. De plus, c'était contraire à la plupart des règles de prudence qu'elle s'était imposées.

Une des incantations du *Livre des Ombres* lui revint à l'esprit, une incantation qu'elle n'avait jamais pratiquée.

— Je cherche de la poudre de rose, de la poudre de violette, de la poudre de frêne, et un truc qui doit s'appeler… pipeswa ? Tu as ça ?

Prue et ses sœurs commençaient à bien connaître l'énorme grimoire que Grams leur avait légué. C'était un véritable tour de force, d'autant plus que le contenu du livre semblait changer chaque fois qu'elles l'ouvraient.

— Oui, bien sûr, sauf qu'il s'agit de pipsissewa[1], plus connu par les spécialistes de la botanique sous le nom de *Chimaphila umbellata*, la corrigea Adrienne, tout en grimpant sur un escabeau pour attraper un bocal en verre perché en haut d'une étagère.

Elle ouvrit le bocal et souleva quelques feuilles de la plante qu'elle mit dans un petit sac en papier.

— Quand tu t'en serviras, il faut les broyer vraiment très fin, avant de le mélanger avec les autres ingrédients, lui expliqua-t-elle.

1. Plante verte à feuilles persistantes que l'on trouve en Amérique du Nord. *(N.d.T.)*

Tandis qu'Adrienne prenait le bocal contenant la poudre de rose, le carillon de la porte retentit, et un homme d'une petite trentaine d'années entra dans la boutique. Prue jeta un œil sur sa cravate et sa chemise noire, ainsi que sur son pantalon de bonne coupe en laine noire. Ses cheveux blonds étaient coupés de manière très classique, des lunettes à monture d'acier encadraient ses yeux noisette, et il tenait un coûteux attaché-case en cuir. Prue le classa dans la catégorie des jeunes cadres supérieurs, impression confirmée lorsqu'elle entendit une sonnerie atténuée, et qu'il sortit de sa poche l'un des plus petits et des plus élégants téléphones cellulaires qu'elle ait jamais vus. Ce type s'offrait vraiment des jouets très chers.

Il jeta un rapide regard dans la boutique. Ses yeux croisèrent ceux de Prue, et il rougit. Prue essaya de ne pas trop paraître amusée, sans pouvoir s'empêcher de se demander ce qu'il pouvait bien faire ici. Il n'avait pas du tout le look d'un adepte de Wicca.

— Je peux vous aider ? lui demanda Adrienne.

L'homme se retourna vers elle.

— Je voudrais des pétales de roses séchées, des fleurs de tilleul, du laurier, des racines de trèfle, et un de ces petits machins noirs de forme ronde sur lesquels on fait brûler de l'encens, dit-il d'une seule traite.

— Vous voulez dire du charbon de bois ?

Il acquiesça vigoureusement d'un signe de tête en piquant un fard.

Le regard d'Adrienne croisa celui de Prue. Elles avaient compris toutes les deux qu'il s'agissait de jeter un sort d'amour, et il était plus que gêné de demander ça.

Les sourcils blond cendré d'Adrienne se rapprochèrent.

— Vous êtes vraiment *certain* de vouloir lancer ce sort ?

— Euh… oui, finit-il par bégayer.

— Les sorts d'amour peuvent être très dangereux. Surtout pour les débutants.

— Comment savez-vous que je veux jeter…

— Ce sont tous les ingrédients utilisés pour ce genre de sort. Du matériel standard. Mais il faut que je vous prévienne, la magie est quelque chose de totalement imprévisible. J'ai lancé ce sort une fois dans ma vie, et ça a marché. Le garçon à qui il s'adresait est effectivement tombé amoureux, mais… de ma camarade de chambre !

Prue retint un sourire. Elle savait qu'Adrienne essayait de le déstabiliser, de s'amuser avec lui.

— Elle a raison, dit Prue, se piquant au jeu.

Elle désigna l'un des gris-gris. Le client d'Adrienne ne la quittait pas des yeux : il semblait à la fois fasciné et terrorisé. En plus, il était si mignon. Dommage qu'il ait déjà jeté son dévolu sur quelqu'un d'autre. Prue décida de raconter un gros mensonge.

— Il y a sept ans, j'ai jeté un sort d'amour. Le garçon est tombé amoureux de moi, comme je l'avais prévu. Sauf que, lorsque le sort a marché, je n'étais plus amoureuse de lui.

— Et alors ?

— Il s'est suicidé, déclara Prue sur un ton dramatique, en arborant une expression grave. Je sais, c'est horrible. Mais lorsque l'on jette un sort, il est très difficile de l'annuler.

Elle haussa les épaules et reposa le gri-gri.

Du coin de l'œil, Prue voyait qu'Adrienne essayait de ne pas éclater de rire, tandis qu'elle se concentrait tout en préparant les doses de pétales de roses et de racines de trèfle.

Adrienne posa les ingrédients sur le comptoir.

— L'année dernière, on m'a jeté un sort d'amour. Mon copain l'a fait pendant que je dormais, et il a dû prononcer une phrase à propos de notre histoire d'amour qu'il trouvait planante. Du coup, pendant une semaine entière, je n'ai pas cessé d'être en lévitation.

— De... de la... lé... lévitation ? répondit le type.

Lui qui rougissait comme une tomate quelques minutes auparavant, était devenu totalement livide. Il regarda ce qu'Adrienne avait déposé sur le comptoir avant d'oser parler :

— Ecoutez, en fait, je vais y réfléchir à deux fois.

— C'est une très bonne idée, confirma Adrienne pour le rassurer.

Le client ouvrit brutalement la porte du magasin et prit la poudre d'escampette. Prue ne put s'empêcher de lancer :

— Allez, allez, rcviens-nous vite !

Les deux femmes ne purent s'empêcher d'éclater de rire. Elles riaient tellement fort que Prue était obligée de se tenir au comptoir pour ne pas tomber par terre. Adrienne, quant à elle, essuyait les larmes qui coulaient de ses yeux.

— Qu'est-ce que ça veut dire ? demanda Adrienne en essayant de reprendre son souffle.

— J'en sais rien, mais en tout cas, c'était marrant. Il ne va pas être déçu. Jeter un sort d'amour, ça veut bien dire que l'on essaye de manipuler quelqu'un. C'est pas vraiment le meilleur moyen pour commencer une relation amoureuse.

Adrienne lui fit un signe de la tête.

— Je crois qu'on l'a guéri. Mais, quand même, aller jusqu'à lui raconter que ton petit copain s'était *suicidé*. T'en as pas fait un peu trop ?

D'un signe du doigt, elle gronda Prue qui lui sourit.

— Bon, d'accord. Mais toi aussi, t'as fait fort avec ton histoire de lévitation !

Adrienne haussa les épaules.

— Attends, je n'ai fait que déformer la réalité. Il n'y avait pas de petit ami dans l'histoire, ni de sort d'amour. Je peux te confier un secret ? dit-elle d'une voix hésitante.

— Bien sûr, dit Prue en la regardant droit dans les yeux.

— C'est un truc qui n'a rien à voir avec un sortilège ou une quelconque incantation. En fait, le jour de mes treize ans, j'ai découvert que je pouvais me mettre en état de lévitation.

Le sang de Prue ne fit qu'un tour. Léviter ? Comment était-ce possible ? Adrienne possédait-elle également des pouvoirs surnaturels ? Adrienne serait donc une sorcière de plus – une *véritable* sorcière, comme Prue et ses sœurs.

— Tu veux dire que t'as découvert ça le jour de ton anniversaire ?

Adrienne le lui confirma d'un signe de tête.

— J'ai effectivemment découvert ça le jour de mon anniversaire. Ça m'a pris un bout de temps pour le contrôler, parce que j'étais persuadée que ma mère se mettrait en colère. Et, finalement, j'ai compris que j'étais capable de le faire. Ça t'est jamais arrivé ?

Adrienne observait Prue d'un air songeur.

Le ton sur lequel Adrienne parlait, ressemblait à celui de quelqu'un qui vivait dans une profonde solitude. Elle savait très bien que détenir ce genre de pouvoir représentait un véritable fardeau. D'autant plus lorsqu'il était impossible de se confier à qui que ce soit. Elle faillit elle aussi avouer sa propre réalité à Adrienne. Quel soulagement cela procurerait d'en parler avec quelqu'un qui ne fasse pas partie de la famille, quelqu'un qui ne soit pas du clan Halliwell…

Mais non. C'était trop tôt. Elle n'était pas encore prête à tout dévoiler.

— Je suis désolée, mais jamais rien de pareil ne m'est arrivé.

Elle ne pouvait pas lui répondre autre chose.

La sonnette retentit, trois adolescentes franchirent le seuil de la pièce. La plus petite des trois mit immédiatement les points sur les i.

— Nous voulons devenir sorcières. Vous vendez des trucs pour ça ?

Adrienne lança un regard amusé à Prue. Ce n'était vraiment plus le moment de rentrer dans des confidences.

— Je vais y aller, dit Prue.

— Je suis à vous dans deux minutes, dit Adrienne aux trois gamines.

Elle posa doucement sa main sur celle de Prue.

— J'en ai pour une seconde. Je finis de te servir.

Elle mit rapidement de la poudre de lavande dans un sachet, puis, dans un autre une poudre blanche, et commença à taper le montant total sur la caisse.

Prue regarda la poudre blanche : elle en reconnaissait le grain.

— Ce n'est pas de la poudre de frêne. C'est de la ciguë.

Adrienne examina le contenu du sachet.

— Nom d'un chien… mais tu as raison ! Je n'arrive pas à croire que j'aie fait une pareille erreur. Je suis désolée. Attends, je vais chercher la poudre de frêne.

Elle trouva la poudre en question, et Prue la paya. Adrienne lui fit un signe de la tête en direction des trois ados.

— *Des trucs pour sorcières ?* murmura-t-elle.

Prue lui adressa un clin d'œil pour lui faire comprendre qu'elle avait compris la plaisanterie. En sortant de la boutique, les pensées se bousculaient dans sa tête. Si elle n'avait pas reconnu la ciguë, si elle l'avait emportée avec elle, et si elle avait préparé sa décoction avec ça, le sort se serait retourné contre elle. Elle n'osait même pas imaginer les conséquences que cela aurait entraînées.

Comment Adrienne avait-elle pu commettre une telle erreur ? Elle n'avait quand même pas fait exprès de se tromper !

Prue chassa cette idée de son esprit. Elle s'en voulait d'avoir douté un instant. Voilà qu'elle redevenait parano. Elle était tout simplement sous le choc d'avoir découvert quelqu'un à qui elle se sentait capable de se confier. Adrienne était une amie. Une amie qui avait tout simplement commis une erreur idiote.

CHAPITRE 5

Le lendemain à quatorze heures, Piper au volant de sa voiture, se rendait au *P3*. Daria et Celeste étaient assises sur la banquette arrière.

— On est arrivées !

— C'est ça ? dit Daria, déçue.

— D'accord, de l'extérieur, ça ne paie pas de mine, reconnut Piper, mais à l'intérieur c'est une autre histoire.

Celeste descendit de la voiture et remarqua que la porte était fermée.

— Il n'y a personne à l'intérieur ?

— Non. Pour l'instant, nous ne serons que toutes les trois, lui répondit Piper.

Elle attrapa un sac rempli des courses qu'elle avait faites, tout en cherchant les clés du club au fond de son sac à main.

— Le personnel n'arrive qu'en fin d'après-midi.

Elle leva le store métallique, puis ouvrit la porte vitrée, livrant passage aux deux filles qui se précipitèrent à l'intérieur.

— La cuisine est au fond à gauche, leur indiqua Piper en se dirigeant vers le compteur électrique.

Le club s'alluma de tous ses feux.

— Ouah ! (Les gamines en avaient le souffle coupé.) C'est vachement classe !

— Merci, répondit Piper en souriant.

— C'est vraiment cool ! (Daria bondit sur la scène et se mit à jouer sur une guitare imaginaire.) *I'm gonna take you away !* chanta-t-elle complètement faux, mais à pleins poumons.

Celeste la rejoignit et, saisissant un micro, lui aussi imaginaire, simula les chœurs.

Piper se dirigea vers la cabine du disque-jockey, et alluma le matériel très sophistiqué qui s'y trouvait. Elle glissa un CD dans le lecteur tout en réglant le volume.

I wanna take you away ! La voix de Bruce and the Rangers jaillit des puissantes enceintes du club.

— Ouais ! C'est classe ! hurla Daria.

Les deux gamines continuèrent à faire leur numéro, cette fois-ci en suivant le rythme.

Piper décida alors de faire une incursion dans le réfrigérateur, espérant y trouver les ingrédients qui lui manquaient. Elle entra dans la cuisine, et déposa les courses sur la paillasse tout en ne pouvant s'empêcher de sourire en entendant les deux filles suivre la mélodie.

Finalement, ce n'étaient que des gamines comme toutes les autres : elles s'amusaient. Et dire que c'était grâce à elle ! Piper se dirigea vers l'énorme frigo presque aussi imposant qu'une chambre froide. Comme elle en avait l'habitude, avant d'ouvrir la porte, elle jeta un œil sur le niveau de température, qui lui parut plus élevé que d'habitude. Bizarre. Elle ouvrit la porte, s'attendant à recevoir comme d'habitude une bouffée d'air froid. Mais, non… rien.

Oh non ! Ce n'est pas vrai ! Piper referma la porte du réfrigérateur, puis traversa la cuisine pour consulter le répertoire téléphonique. Ayant trouvé le numéro de la société chargée de réparer ce genre de frigo, elle les appela pour leur expliquer le problème, puis leur donna l'adresse du club.

— Nous pourrons être chez vous dans environ quatre heures, lui expliqua son interlocutrice.

— Quatre heures ? (Piper raccrocha en râlant.) Elle fit l'inventaire du frigo. A part les œufs, tout le reste tiendrait bien quatre heures. En revanche, le congélateur était rempli de viande et de glaces : elle ne pouvait pas se permettre de laisser toute cette marchandise se décongeler pour la recongeler ensuite.

Après quelques instants de réflexion, Piper prit la seule décision raisonnable. Ses sœurs n'allaient certainement pas être contentes, mais elles devraient faire contre mauvaise fortune bon cœur.

Elle retourna dans la salle. Les deux gamines se trouvaient toujours sur l'estrade. Lorsqu'elles s'aperçurent que Piper les regardait, elles prirent des poses de rock star. Elles étaient vraiment mignonnes !

Piper les laissa finir la chanson, et les applaudit avant de leur annoncer :

— Nous avons un problème, j'ai besoin de votre aide. Le frigo est en panne. Du coup, il va falloir que l'on emporte ce qu'il y a dans le congélateur chez moi, sinon tout risque d'être foutu. Vous voulez bien me donner un coup de main ?

— Bien sûr, dit Daria en sautant de l'estrade.

Celeste tira sur l'ourlet de son T-shirt rouge.

— Et la pizza alors ?

— On la fera chez moi, promit Piper. Certes, il n'y a pas de four en pierre, mais ça ne nous empêchera pas de faire quelque chose de délicieux.

Aidée par les deux copines, Piper se mit au travail. A

trois, elles ne mirent pas longtemps pour tout transporter dans la voiture.

Une demi-heure plus tard, un peu mal à l'aise, Piper se garait devant *Halliwell Manor*. Elle avait promis à ses sœurs de ne pas amener Celeste, et non seulement elle brisait sa promesse, mais en plus elle avait pris en charge une deuxième gamine. Bon, à cette heure-ci, Prue était au travail, et Phoebe devait suivre son cours de karaté, se consola-t-elle.

— C'est ici que tu vis ? demanda Celeste.

— Tu dois être riche, renchérit Daria.

— C'était la maison de notre grand-mère, leur expliqua Piper tandis qu'elles vidaient la voiture. Lorsqu'elle est décédée, j'en ai hérité avec mes sœurs. C'est très sympa à l'intérieur.

— On va faire la connaissance de tes sœurs ? interrogea Daria, tout excitée.

— J'espère pas, répondit Piper en baissant le ton. (Elle tendit un sac à chacune des filles, puis saisit les deux derniers.) Suivez-moi, dit-elle en se dirigeant vers le perron.

Elle avait l'impression de jouer à la cheftaine.

Mais elle n'avait plus le choix. Elle posa les sacs en haut des marches pour ouvrir la porte, puis passa la tête dans l'embrasure : la voie semblait libre. Pas de Prue, ni de Phoebe en vue.

— Allez, entrez. La cuisine est sur la droite.

— Ouah ! (Daria faillit se cogner à une table basse en découvrant les vitraux.) On se croirait dans une église !

Piper trouva la comparaison amusante, car aucune des sœurs Halliwell ne pouvait se comparer à une sainte.

— Allez, les filles, entrez.

Elles la suivirent dans la cuisine où elles posèrent les sacs sur la table.

— Bon, on range tout ça, et ensuite je vous promets qu'on s'attaque à la pizza.

Celeste ouvrit le congélateur.

— Ça ira, si je dégage une étagère pour y mettre tout ce qui vient du club ?

— C'est une excellente idée, lâcha Piper, tout en remarquant que Celeste semblait être beaucoup plus détendue depuis qu'elles étaient dans la cuisine.

Et Daria, où était-elle passée ?

Piper jeta un coup d'œil dans la salle à manger et y découvrit Daria debout face à un mur sur lequel étaient accrochées des photos sépia.

— Qui sont ces gens ? demanda-t-elle, sa curiosité piquée.

— De la famille éloignée. Je ne sais même pas qui sont la plupart de ces gens.

— T'as pas des photos de toi et de tes sœurs ?

— Non, pas accrochées au mur.

— Elles te ressemblent ?

— Bien sûr, répondit patiemment Piper. Nous avons toutes des cheveux bruns et raides. Bien, j'ai besoin de toi dans la cuisine.

Daria la suivit sans cesser de la bombarder de questions :

— C'est toi, la plus jeune ? Qu'est-ce qu'elles font ?…

— Daria, arrête cette avalanche de questions.

— Désolée, je suis tout simplement curieuse, gloussa Daria.

Piper fut contente de constater que Celeste avait pris l'initiative de mettre la nourriture du restaurant dans le congélateur. Il ne restait qu'à y glisser un pot de crème glacée.

— Je ne trouve pas de place pour ça, expliqua-t-elle en souriant.

— Ce n'est pas grave, la rassura Piper. Je sais ce qu'on va en faire. (Elle ouvrit un placard d'où elle sortit deux bols ainsi que deux cuillères. Elle en tendit une à Celeste.) Allez, les filles ! Vous l'avez bien mérité.

Tandis que Celeste et Daria engloutissaient leurs glaces, Piper alluma le four et sortit tout ce dont elle avait besoin pour préparer la pizza. Aurait-elle le temps de la faire et de repartir avant que Prue ou Piper ne rentre ? En tout cas, elle le souhaitait de tout cœur.

Celeste mit son bol dans l'évier et rejoignit Piper près de la planche à découper.

— Alors, on commence par quoi ? Par la pâte, la sauce ou la garniture ?

— Nous allons tricher et utiliser la pâte que j'ai ramenée du restaurant. Si l'on était obligé d'en faire une maintenant, il faudrait attendre plusieurs heures pour qu'elle lève correctement, expliqua Piper. Or, il faut que je vous ramène au *Sunrise Center* et que je sois au restaurant avant cinq heures. Alors… on va commencer par la sauce.

Celeste se mit immédiatement à la tâche. Elle alla chercher des saucisses italiennes, puis coupa les tomates. Quant à Daria… elle fouillait dans les tiroirs de la cuisine.

— Tu cherches quelque chose ? lui demanda Piper.

— Non, j'aime bien savoir ce que les gens ont dans leur maison, rétorqua-t-elle. Ça révèle plein de choses sur leur caractère. Et je veux tout connaître de toi.

Piper guida Daria vers une paillasse libre.

— Eh bien, je vais te dévoiler une partie de ma personnalité : j'adore mettre beaucoup d'ail dans ma sauce, alors, s'il te plaît, hache quelques têtes.

— D'accord, fit Daria, peu enthousiaste.

Tout en regardant Celeste du coin de l'œil, Piper vida un sac en papier rempli de champignons dans une passoire afin de les laver. La gamine semblait comme chez elle dans la cuisine : elle enlevait le gras des saucisses, puis préparait les autres ingrédients dans le bon ordre. Elle semblait même connaître les quantités exactes d'épices qu'il fallait ajouter, car elle ne déterminait pas les doses.

— Tu as déjà fait des pizzas ? lui demanda Piper.

— Non, jamais, mais j'ai souvent fait des spaghettis à la sauce tomate. Dans ma dernière famille d'accueil, c'était moi qui me tapais les corvées de cuisine. C'était le seul truc que j'aimais faire chez eux. (Elle eut un haussement d'épaules.) J'ai toujours aimé faire la cuisine.

— Moi aussi, reconnut Piper.

Elle adressa un grand sourire chaleureux à Celeste, et celle-ci le lui rendit. Piper se dit qu'elle venait de marquer un point. Par contre, Daria ne semblait pas partager cette passion. Piper se retourna pour l'inclure dans la conversation, mais elle avait disparu.

— Où est-elle passée ? marmonna Piper.

Après s'être rapidement essuyé les mains avec un torchon, elle fonça dans le salon.

Daria ne s'y trouvait pas. Piper se précipita dans la pièce que leur grand-mère appelait le jardin d'hiver. Les fenêtres étaient dirigées vers le sud, et les plantes occupant presque toute la surface donnaient à l'endroit un éternel air d'été. Personne. Daria n'était cachée ni derrière une plante, ni derrière l'un des nombreux meubles en osier blanc.

— Daria ?

N'obtenant pas de réponse, Piper grimpa l'escalier, en priant pour trouver Daria à l'étage supérieur. Elle fit rapidement le tour des chambres qui semblaient toutes être telles qu'elle les avait laissées le matin même. Toujours pas de Daria.

Le cœur de Piper se mit à battre plus vite, et elle se sentit l'estomac noué. Daria n'était quand même pas montée dans le grenier ? Piper gravit le dernier étage en courant.

Le Livre des Ombres, le grimoire qui contenait la clé de leurs pouvoirs, y était caché !

— Daria ! (Il ne fallait surtout pas qu'elle pénètre dans le grenier.) Daria !

— Quoi ?

Penchée sur la rampe en bois, Daria la regardait.

Etait-elle entrée dans le grenier ? Piper avait l'impression de devenir folle. Avait-elle trouvé le livre ? Elle essaya de se contrôler, et de parler le plus calmement possible.

— Tu es supposée nous aider à préparer la pizza. Dans la cuisine !

Daria lui sourit.

— Je sais, mais en fait, j'aime pas trop faire la cuisine. Et puis cette maison est tellement géniale ; toutes ces pièces, tous ces vieux meubles… (Elle tendit le bras en direction de la porte du grenier.) Qu'est-ce qu'il y a là-dedans ?

— De la poussière, répondit Piper en serrant les dents.

— Je peux voir ?

Daria se dirigea vers la porte et posa la main sur la poignée.

— Non ! intima Piper.

Daria se retourna et la regarda d'un air soupçonneux. Piper devait absolument garder son calme. Daria n'était qu'une gamine, certainement pas une sorcière. Elle n'avait pas vu le livre ; Piper n'avait donc aucune raison de s'inquiéter.

— Daria, reprit-elle d'un ton calme, je suis désolée, mais si tu dois passer un moment ici, c'est dans la cuisine, avec Celeste et moi.

— Bon, si c'est comme ça que tu vois les choses... (Daria plissa les yeux.) Ça veut dire que tu ne me fais pas confiance. T'as pas envie qu'une gosse d'un centre de réadaptation te pique tes précieuses photos de famille, ou bien...

— Daria, tu n'es pas sympa... commença Piper.

Elle ne put terminer sa phrase, car elle aperçut Prue en bas de l'escalier.

— Salut, Piper. (Prue souriait, mais Piper comprit au ton de sa voix qu'elle était en colère.) C'est qui, ta copine ?

— M... mais, pourquoi tu rentres aussi tôt ?

— J'ai un mal de tête épouvantable depuis ce matin, et c'est de pire en pire.

Daria descendit l'escalier.

— Salut, j'm'appelle Daria. T'es laquelle des deux sœurs ?

Ce fut le moment précis que choisit Celeste pour sortir de la cuisine.

— Ah enfin ! dit-elle, soulagée. Je me demandais où vous étiez passées.

— Où *vous* étiez passées ? releva Prue. Piper, dis-moi combien de personnes sont actuellement dans la maison.

— C'est tout, lui affirma Piper. Toi comprise, nous ne sommes que quatre. (La porte d'entrée s'ouvrit : c'était Phoebe qui rentrait.) Ah ! pardon, en voilà une de plus.

Piper espérait que le mal de tête de Prue n'était pas contagieux, car elle sentait le sang lui battre les tempes.

Phoebe regardait alternativement Piper et Prue, puis les filles, et son regard s'arrêta sur Piper.

— Qu'est-ce qu'il se passe ?

— Prue, Phoebe... (Piper parlait à toute vitesse) ... je vous présente Daria et Celeste. Je suis leur mentor. On est en train de faire une pizza, il faut que nous retournions immédiatement dans la cuisine sinon la sauce va brûler.

Piper fit signe aux filles de regagner promptement la cuisine, comme si tout se passait de manière tout à fait naturelle. Bon... bref... Elle allait terminer la pizza, ramener les deux gamines au *Sunrise Center*, et puis ensuite, elle s'expliquerait avec Phoebe et Prue. Elle repoussa une mèche de cheveux qui lui barrait le visage. Ou bien elle attendrait d'être arrivée au *Sunrise Center* pour faire le point.

Elle tourna la sauce et, ravie, constata que Celeste avait déjà étalé la pâte dans un plat à pizza. Il fallait absolument qu'elle paraisse s'amuser avec les deux gamines et qu'elles montrent entre elles des signes de sympathie. C'était la seule solution.

— Super ! lança-t-elle, le plus détendue possible. Celeste, tu rajoutes un peu de poivre vert. Daria, coupe les champignons en lamelles, et puis aussi une ou deux tomates fraîches.

Prue apparut dans l'entrebâillement de la porte.

— Piper, je peux te parler un instant ? Seule.

Ma sœur doit m'avoir passé son mal de tête, se dit Piper.

— Est-ce que l'une d'entre vous peut tourner la sauce ? lança-t-elle aux filles.

Elle suivit Prue dans la serre où Phoebe les y attendait. Aïe ! Phoebe semblait elle aussi très énervée. Ce n'était pas bon signe.

— Piper, nous étions bien d'accord que tu n'amènerais pas ces filles ici ? (Prue avait du mal à cacher son agacement.) Tu t'en souviens ?

— Et comment se fait-il que tu sois le mentor de deux filles ? ajouta Phoebe.

— Une question après l'autre, les interrompit Piper en levant la main. (Elle leur expliqua rapidement comment elle s'était retrouvée ici à faire la cuisine avec Celeste et Daria.) Je n'avais vraiment pas le choix. Je leur avais promis de préparer une pizza, et puis, de toute façon, il fallait que j'utilise notre congélateur…

— Je n'en crois pas un mot, dit Prue.

— C'est de la folie, reconnut Phoebe. Enfin, si tu ne pouvais pas faire la cuisine au club, pourquoi n'as-tu pas reporté la scéance, et… je ne sais pas… à la place, tu aurais pu les emmener au zoo.

— Au zoo ? (Piper n'en croyait pas ses oreilles.) Elles ont treize ans, pas cinq.

— Lorsque je suis rentrée, Daria était dans l'escalier, lui fit remarquer Prue. Promets-moi qu'elle n'est pas entrée dans le grenier.

— Non, je l'en ai empêchée, répondit Piper.

— Que tu les ai amenées ici n'est pas le pire, continua Prue. Tu te souviens que l'autre soir au club, quelqu'un n'arrêtait pas de nous espionner ? Et s'il y a de l'orage dans l'air ? Si un démon nous a repérées et nous file ? Tu veux mettre la vie de ces gamines en danger ? Enfin, tu en es quand même responsable ?

Piper dut reconnaître que Prue venait de marquer un point, mais elle ne pouvait admettre que sa grande sœur décide à sa place. Certes, elle était une sorcière, mais elle n'allait pas totalement changer son mode de vie à cause de ça. Et, elle ne permettrait jamais que qui que ce soit puisse faire du mal à Celeste et à Daria.

— C'est important pour moi, finit-elle par dire. Et ces gamines ont besoin de moi. Je ne peux pas les laisser tomber.

— Piper, je sais que tu es parfaitement honnête, mais il faut que tu reconsidères la situation, déclara gentiment Phoebe.

— Bon, c'est vrai, il faut les surveiller, admit Piper. Surtout Daria. Mais…

Piper s'interrompit brutalement en sentant quelqu'un bouger derrière elle.

Elle se retourna, et vit Daria qui la fusillait du regard.

Prue et Phoebe en restèrent interdites. Piper, quant à elle, fut prise de panique. Elle savait que ses sœurs pensaient la même chose qu'elle. Depuis combien de temps Daria était-elle là ? Qu'avait-elle exactement entendu ?

CHAPITRE 6

— Daria ! lança Piper, réussissant enfin à reprendre sa respiration. Ça fait longtemps que tu nous écoutes ?

— Assez, lança Daria sur un ton cassant. Assez pour avoir compris que t'en avais rien à foutre de moi. Tes sœurs ne veulent même pas que je mette les pieds ici.

Elle tournait en rond sur le seuil de la pièce pour empêcher Piper de sortir. Prue et Phoebe eurent un mouvement de recul.

— Daria, attends ! s'insurgea Piper. Ce n'est pas vrai ! Tu comptes beaucoup pour moi.

Elle se précipita vers la petite, et lui saisit le bras.

— Me touche pas ! J'ai pas l'habitude de rester là où on ne veut pas de moi. J'en ai marre des familles d'accueil.

Piper recula comme si elle avait reçu une gifle. Pourquoi s'était-elle mise dans un pareil pétrin ? Que Daria ait l'impression d'être rejetée comme dans certaines familles d'accueil allait totalement à l'inverse de sa démarche.

— Je suis désolée, tentait de s'excuser Piper. Je suis vraiment désolée si nous avons dit des choses susceptibles de t'avoir blessée. Allez, s'il te plaît, approche-toi et laisse-moi t'expliquer.

— T'es qu'une menteuse, lui jeta Daria sur un ton

méprisant. Un faux jeton. T'as pas pigé ? Tu préfères Celeste. T'as accepté de t'occuper de moi uniquement pour lui faire plaisir. J'ai compris. Je vais vous laisser jouer à la poupée ensemble. Je ne vous embêterai plus.

Daria ouvrit la porte d'entrée, dévala les marches du perron comme une dératée, puis se retrouva dans la rue. Piper ne savait plus que faire.

— Qu'est-ce qui se passe ?

En entendant cette question, Piper se retourna et découvrit Celeste sur le seuil de la cuisine : son regard se posait alternativement sur chacune des sœurs. Un ange passa.

— Où est Daria ?

— Elle vient juste de partir, rétorqua Piper.

— Pourquoi ? fit-elle en écarquillant les yeux.

— Je t'expliquerai plus tard. (Piper se mit à chercher les clés de sa voiture.) Il faut que tu m'aides à la retrouver. Phoebe, s'il te plaît, enlève la sauce du feu.

— Tout ce que tu veux, répondit Phoebe en tournant les talons pour se diriger vers la cuisine.

Prue croisa les bras :

— Piper, il faut que nous…

— Ça suffit ! T'as pigé ? Je dois la tirer d'affaire. (Piper lui ayant coupé le sifflet, elle se contenta de se passer une main sur le front.) On parlera plus tard. Pour l'instant, la seule chose qui compte est que je retrouve Daria.

Puis elle fit signe à Celeste de la suivre.

Une brume épaisse montait de la baie. Piper et Celeste sillonnaient les rues du quartier résidentiel. Piper avait toujours vécu à San Francisco, mais la vitesse à laquelle le brouillard envahissait la ville la surprenait toujours. Elle alluma ses feux et se pencha pour nettoyer le pare-brise.

— Je n'arrive pas à comprendre, lâcha Piper tout en rétrogradant pour monter une des fameuses collines escarpées de San Francisco. Daria n'a quand même pas disparu ? Elle n'a aucune raison de nous en vouloir. (Piper se creusait la cervelle, essayant de savoir où une gamine de son âge avait bien pu se cacher.) Daria aime-t-elle traîner dans certains quartiers, dans certaines boutiques, dans un parc, dans une salle de jeux ? demanda-t-elle à Celeste.

— Pas que je sache, répondit celle-ci en regardant à travers la vitre. Elle est peut-être allée au cinéma.

— Ou bien elle se cache dans un coin… elle a pris le bus. (Piper donna un violent coup de poing sur le volant.) Je n'aurais pas dû hésiter. J'aurais dû lui courir après.

En fait, elle aurait dû arrêter le temps dès que Daria avait franchi la porte. Mais, si elle l'avait fait, elle aurait pris le risque qu'une des deux gamines réalise ce qu'elle était en train de faire, et, du coup, découvre le pot aux roses.

Prue avait probablement raison : une sorcière ne devrait pas jouer les mentors. Elle était en train de tout gâcher.

S'il arrivait la moindre chose à Daria, Piper serait incapable de se regarder dans une glace. Et qu'est-ce qu'elle allait raconter à M. Morgan en ramenant Celeste ? Qu'en cours de route, elle avait perdu l'une des deux filles dont elle était responsable ?

— Pourquoi a-t-elle obtenu un droit de sortie ?

La question de Celeste fit retomber Piper sur terre.

— Parce que… (Le brouillard devenant de plus en plus épais, Piper ralentit car elle avait l'impression de s'enfoncer dans du coton.) C'est idiot. Comment retrouver quelqu'un lorsque l'on n'y voit pas à deux mètres ?

— Piper, pourquoi Daria s'est-elle enfuie ? insista Celeste.

Piper décida que Celeste avait le droit de connaître la vérité.

— Daria m'a pris la tête avec mes sœurs. Elle ne comprenait pas de quoi nous parlions, et du coup elle a pensé que je ne m'intéressais pas à elle. Ce qui n'est absolument pas le cas : pour moi, vous êtes toutes les deux sur un pied d'égalité.

— Tes sœurs ne veulent pas nous voir chez toi, avança doucement Celeste. Je l'ai compris dès que je les aie vues. Surtout Prue.

La première réaction de Piper fut de la contredire, mais, après réflexion, elle se rendit compte que, Daria la prenant déjà pour une menteuse, il ne fallait surtout pas que Celeste, elle aussi, perde confiance en elle.

— Mes sœurs ont leurs raisons, finit par répondre Piper. Et ça n'a strictement rien à voir avec toi ou Daria.

— Alors, c'est quoi ?

— Des histoires de famille : tu sais, ce genre de vieilles rancœurs qui remontent à la surface. Je ne peux pas t'en dire plus, mais sache que ça ne change rien du tout à ce que je ressens vis-à-vis de vous deux.

Piper s'arrêta à un feu rouge. Elle était à la limite du Mission District, pas vraiment l'un des quartiers les plus sûrs de San Francisco.

— Tu crois que Daria aurait pu s'enfuir par là ? demanda Piper.

— T'as un portable ? rétorqua Celeste.

— Ouais, pourquoi ?

— Pourquoi t'essayes pas d'appeler le *Sunrise Center* pour savoir si elle n'est pas rentrée ?

Piper ne put s'empêcher de se prendre la tête entre les mains. Elle était tellement à bout de nerfs qu'elle n'y avait même pas pensé.

— C'est une excellente idée. (Piper sortit le téléphone de son sac, vérifia qu'il était bien chargé, puis le tendit à Celeste.) Et si c'était toi qui appelais ?

— D'accord.

Celeste composa le numéro, et lorsque le standard répondit, elle demanda à parler à Daria. Il s'écoula un bref instant avant que Piper l'entende dire :

— Salut, Daria, ça va bien ? (Elle écouta la réponse de Daria.) Elle va bien !

— Je peux lui parler ? demanda Piper en tendant la main vers le téléphone que Celeste lui rendit. Daria, c'est Piper. Tout va bien ?

— Qu'est-ce que ça peut te faire, lança Daria d'un ton hargneux.

Piper se convainquit qu'elle allait bien. Certes, elle était en colère, mais elle se portait bien. Elle tourna le coin de la rue, se trouvant à mi-chemin du centre.

— Daria, poursuivit Piper au téléphone, je suis vraiment désolée de ce qui s'est passé.

— T'as pas vraiment l'air.

Et elle lui raccrocha au nez.

Piper éteignit son portable. Bon, elle avait compris…

— Une conversation très intéressante, je pense que ça va marcher.

— Tu sais, Daria se montre souvent un peu lunatique, lui signala Celeste.

— Un peu ?

— Elle a trop souffert, elle voudrait que ça change.

— Je sais, dit Piper.

Il fallait absolument qu'elle se rabiboche avec Daria. C'était une priorité. Elle devait savoir exactement ce que Daria avait appris sur ses sœurs et elle, car si elle avait découvert ne serait-ce qu'une partie de leur secret, cela les rendrait vulnérables.

En ce samedi après-midi, Phoebe se frayait un chemin à travers les spectateurs entassés sur les gradins de l'Oakland Stadium. Elle était impressionnée par la foule que ce tournoi d'arts martiaux avait attirée. Le tournoi, rassemblant à la fois des enfants, des adultes et des vétérans, allait durer tout le week-end. Les spectateurs assisteraient à des démonstrations de cassage de briques, à des épreuves de katas, d'autodéfense, ainsi qu'à des exercices montrant différentes techniques de combat avec des armes. Mais, bien sûr, elle n'était pas venue pour voir ça.

Phoebe ayant fini par trouver un siège, elle feuilleta le programme sur lequel était inscrit : « Combats amicaux, catégorie intermédiaire ». Du doigt, elle suivit lentement la liste des noms jusqu'à celui qu'elle cherchait : Kenji Yamada. Son combat était programmé à quatorze heures quinze. Un coup d'œil à sa montre lui indiqua qu'il était quatorze heures. Il devait être arrivé.

En se penchant au-dessus des barrières, elle repéra Kenji assis au milieu des autres participants. Il était très chic dans son *gi* blanc immaculé, ceint de la ceinture marron obtenue dans son ancienne école, ce qui n'était pas anodin. Il n'aurait pas été juste qu'il combatte dans la catégorie des débutants. Sensei Towers déambulait tranquillement le long des barrières.

Kenji semblait nerveux. Phoebe ne put réprimer un sourire de fierté. S'il avait été au courant de ce qu'elle avait lu dans l'avenir, il saurait qu'il n'avait aucun souci à se faire.

Phoebe observa les deux adversaires présentes sur le ring : deux jeunes ceintures vertes. Elle ne put s'empêcher d'être admirative devant leur technique soignée et aiguisée. Super ! Elle était en train d'apprendre de nouveaux enchaînements. Phoebe reconnaissait les mouvements qu'elles exécutaient !

La cloche retentit, les deux filles se séparèrent, l'une des deux fut déclarée gagnante, puis reçut une médaille.

— A présent, c'est le moment du *kumite* karaté, section intermédiaire, annonça le speaker.

Phoebe avait eu le temps d'apprendre que *kumite* signifiait combat en japonais.

Le cœur de Phoebe se mit à battre un peu plus fort lorsque Kenji s'avança vers le tatami. Son adversaire, également ceinture marron, était un grand rouquin bronzé qui devait adorer faire du surf.

Kenji et son adversaire se firent les salutations traditionnelles avant de prendre leurs marques.

— *Hajime !* cria l'arbitre.

Le match pouvait commencer.

L'adversaire de Kenji attaqua directement avec une succession de coups de poing et de coups de pied, incluant un coup de pied latéral suffisamment puissant pour assommer une vache. Kenji évita les attaques, bloquant, sautant, esquivant tous les coups que son adversaire enchaînait. Lorsque le rouquin lui décrocha un uppercut, Kenji choisit cet instant pour envoyer un puissant coup dans le plexus solaire de son adversaire. Il enchaîna immédiatement avec un fauchage qui conclut le combat. Deux simples gestes, et le beau surfer était à terre.

Ouah ! Phoebe ne put s'empêcher de tressaillir lorsqu'elle vit l'adversaire de Kenji s'écrouler au sol. C'était pour elle un peu étrange de constater que ce type qui la faisait craquer avait une attitude de tueur.

Kenji fut déclaré vainqueur. Il allait donc être à présent confronté au vainqueur du match suivant. Phoebe ne savait pas exactement combien de combats Kenji allait devoir effectuer avant que sa vision se réalise.

En fait, Kenji fit quatre combats, et en rapporta trois. Il perdit le dernier face à un type aussi costaud qu'un haltérophile dont la veste mal attachée laissait apparaître les pectoraux. Il n'avait pas l'agilité de Kenji, mais possédait une puissance incroyable. Et puis, Kenji était visiblement fatigué. Un coup de pied tournant dans la mâchoire le déséquilibra. En conséquence, il ne rentra pas vraiment dans le match, et ses mouvements devinrent plus lents. Phoebe se demandait où il trouvait les ressources pour rester sur le tatami.

Lorsque le combat prit fin, elle poussa un soupir de soulagement. L'arbitre leva la main de Kenji.

— Second, Kenji Yamada, annonça le speaker.

Tout s'était déroulé exactement comme dans sa vision. Un frisson lui parcourut la colonne vertébrale. Elle ne savait plus exactement combien de fois elle avait eu des visions, mais elle n'arrivait toujours pas à s'y faire.

Kenji reçut son trophée des mains d'une ceinture noire. Phoebe l'applaudit tout en sifflant le plus fort possible. Elle profita que l'on remette sa médaille au vainqueur pour descendre des gradins, afin d'intercepter Kenji avant qu'il ne rentre au vestiaire.

— Phoebe, finalement, tu es venue !

Kenji en avait l'air ravi.

— J'ai pu m'arranger. (En fait, elle avait juste laissé un mot à Prue, en espérant qu'elle comprendrait.) Tu as été super !

— Pas pendant le dernier combat, admit-il en se frottant le menton. Mais je suis quand même arrivé en finale. J'ai fait mieux que je n'espérais, étant donné mon manque de compétitions. (Il la regarda droit dans les yeux.) Dis donc, c'est marrant. J'ai pris la seconde place. C'est exactement ce que tu m'avais prédit.

Elle ne put s'empêcher de rire :

— Juste une bonne pioche !

Kenji la regarda avec circonspection.

— C'est le moins que l'on puisse dire.

Phoebe lui offrit un de ses sourires les plus séduisants.

— Et j'avais également prédit que, même si j'étais là, tu ne te serais pas rendu compte de ma présence.

— C'est un autre problème. Ce n'était pas une prédiction, mais un simple choix de ta part, lui fit remarquer Kenji. (Son regard de braise la troubla davantage.) En fait, je crois que c'était mieux que je ne sache pas que tu étais là. Ça m'aurait distrait et déconcentré pendant les combats.

— Ah oui, vraiment ? répliqua Phoebe en se rapprochant de lui. Et à quoi aurais-tu pensé ?

Kenji posa les mains sur ses hanches.

— J'aurais pas arrêté de me demander quel effet cela pouvait faire de t'embrasser.

Phoebe posa sa main sur son épaule en le regardant intensément.

— Nous pouvons connaître la réponse dans la seconde qui suit.

Leurs lèvres s'cfflcurèrent. Kenji dégageait une gentillesse naturelle qui faisait fondre Phoebe. Elle lui fit comprendre qu'il n'y avait pas de raison d'hésiter. Il la prit alors dans ses bras, et ils s'embrassèrent. Phoebe, tout contre lui, avait totalement oublié la foule qui les entourait. Elle ne pensait qu'à Kenji.

Ils finirent par se séparer.

— Ouf, souffla Phoebe.

Elle fit juste un tout petit pas en arrière, pour être sûre de rester dans ses bras. Elle se sentait tellement bien.

Le regard rempli de désir, Kenji ne la lâchait pas des yeux.

— C'était… incroyable, finit-il par lâcher.

Sans vouloir paraître trop niaise, ni trop heureuse, Phoebe lui fit comprendre d'un petit signe de tête qu'elle partageait totalement ses sentiments. Ça lui était rarement arrivé de tomber amoureuse d'un garçon aussi doux que Kenji.

— Je pense qu'il va falloir que nous recommencions, lui murmura Kenji à l'oreille. Comme ça, je serai certain de ne pas avoir rêvé.

Il l'attira de nouveau contre lui, et Phoebe éprouva une émotion plus forte encore. Il fallait qu'elle se méfie, qu'elle se maîtrise ; tout allait trop vite avec ce garçon.

Kenji sentit son trouble.

— Phoebe, n'essaie pas de résister, la gronda-t-il.

Il lui caressa tendrement les joues.

— A partir de maintenant, tu m'appartiens.

CHAPITRE 7

Lorsque l'assemblée de démons se retrouva de nouveau, le Maître bouillait de rage.

— Nous n'avons toujours pas trouvé les pouvoirs des trois *Charmed* ! Qu'est-ce que vous faites ? Vous attendez que l'un des nôtres soit détruit avant de les dénicher ?

Personne n'osa lui répondre.

— Leurs pouvoirs, répéta-t-il. Nous devons trouver un moyen de les absorber, de les inverser, de les affaiblir. (Le ton de sa voix montait comme un roulement de tonnerre.) Vous avez commis une faute ! Et toute faute mérite une sanction.

Il tendit les mains au-dessus de la foule. Tous les membres de l'assistance se plièrent en deux, grognant et se tordant de douleur. Au bout de quelques instants, le Maître exécuta un autre geste. Les gémissements cessèrent.

— Nous n'avons pas le droit à l'erreur, murmura le Maître. Suis-je bien clair ?

— Oui, Maître, répondit la foule d'une seule voix.

— Très bien.

Il sortit un objet de sa robe : un ruban rouge noué en son milieu.

— Nous allons faire appel à notre talisman pour nous aider, mais que cela n'empêche aucun de vous de continuer sa mission. (Il fit une pause.) Adrienne, approche-toi.

La femme aux longs cheveux blonds s'avança vers l'autel.

— Dis-moi, mon élue, quel est ton plan pour détruire les *Charmed* ?

— Je... Je vais gagner leur confiance, et comprendre ce que sont les pouvoirs de chacune, puis les retourner contre elles.

— Ça me paraît un bon plan, répondit sèchement le Maître. Et toi, Kenji ?

— Je vais faire en sorte que la plus jeune des trois sœurs tombe amoureuse de moi. Et puis je lui prendrai son cœur pour le détruire.

L'après-midi suivant, juste avant l'ouverture du club, Piper était assise sur l'un des tabourets du bar, étudiant sur un ordinateur les dernières commandes.

— Des conclusions passionnantes ?... demanda Pete, le barman.

— On ne fait pas assez de bénéfices. Il faudrait peut-être ouvrir davantage. Je ne sais pas : ouvrir plus tôt, fermer plus tard. Ou ouvrir à l'heure du déjeuner.

— Devine qui est notre première cliente ? l'interrogea Pete en regardant vers la porte d'entrée.

Piper se retourna sur son tabouret et découvrit Phoebe sur le pas de la porte. Elle paraissait très nerveuse, ce qui ne lui ressemblait pas.

— Encore une visite surprise, commenta Piper. Tu viens faire le ménage ?

— Non, il faut que je te parle, commença Phoebe en enlevant sa veste.

— Eh bien, parle.

Phoebe jeta un regard vers Pete.

— Seule à seule, murmura-t-elle.

Piper entraîna Phoebe vers une table, en espérant que sa sœur n'allait pas lui annoncer qu'un démon s'était infiltré dans leurs vies, risquant de les exterminer ou un truc dans le genre.

— J'avais l'intention de t'en parler la nuit dernière, mais je me suis dégonflée, confessa Phoebe.

— Continue.

Piper, les bras tendus, serrait fortement les barreaux de sa chaise.

— J'ai rencontré quelqu'un la semaine dernière, laissa échapper Phoebe. Un homme.

Piper fut soulagée. Sur le plan humain, elle était capable de gérer ce type de problème.

— C'est vrai ?

— Un homme splendide, charmant, gentil, intelligent et sexy.

— Et il s'appelle comment ? demanda Piper en souriant.

— Kenji Yamada. Il est dans mon cours de karaté. Il vient d'arriver de San Diego pour passer son diplôme d'ingénieur à Berkeley.

— Eh ben ! C'est plutôt pas mal, dit Piper sur un ton qu'elle voulait encourageant. As-tu parlé à Prue de ce citoyen modèle ?

Phoebe fit une grimace.

— Non. Je ne me sens pas prête à affrontrer une discussion sur le thème : « Il faut faire attention à tous ceux qui pénètrent dans nos vies. » (Elle se tut un instant.) En fait, ce qui est dommage, c'est que Prue l'aimerait certainement bien, mais elle va encore une fois me faire la morale. Elle ne peut pas s'en empêcher.

— C'est vrai qu'il y a un certain nombre d'inconvénients à sortir avec quelqu'un lorsqu'on est ce que nous sommes, reconnut Piper.

— Je suis d'accord. (Phoebe se prit la tête entre les mains.) C'est pour ça que cette histoire me rend très nerveuse.

— Pourquoi ?

— A cause d'un tas de choses, gémit Phoebe. (Elle releva la tête.) Parce que nous ne formons quand même pas une famille ordinaire, et je ne sais pas comment faire si je suis obligée de lui raconter qui je suis. De plus, je ne sais pas quand un démon va traîner dans les parages. Mais avant tout, parce que je ne veux surtout pas passer à côté de cette histoire.

Piper observait sa sœur avec curiosité. Phoebe avait toujours été un peu frivole chaque fois qu'elle rencontrait des garçons. Et Piper ne lui connaissait pas un ton aussi sincère pour aborder ce sujet. Surtout qu'elle n'avait rencontré ce type que depuis une semaine !

Phoebe se redressa sur sa chaise.

— Avec lui, je veux prendre mon temps.

Piper demeura interdite. Phoebe voulait prendre son temps ? Ce type devait avoir quelque chose de très particulier.

— Alors ? demanda Phoebe. Tu ne vas pas me dire que c'est pas une excellente idée, saine et mature ?

Piper sourit.

— C'est effectivement une excellente idée, saine et mature, mais sans vouloir te vexer, ça ne te ressemble pas.

— Je sais. Je pense que c'est juste parce que j'aime énormément Kenji.

— Alors, fonce... commença Piper.

Puis elle s'arrêta net de parler quand elle aperçut Celeste qui les observait au travers de la vitre. La gamine portait un T-shirt et un jean ; elle semblait frigorifiée et complètement perdue. Piper réfléchit à toute vitesse. Qu'est-ce que Celeste pouvait bien faire ici ? Il devait se passer quelque chose de grave.

Elle lui fit signe d'entrer.

— J'ai peur que nous ne soyons obligées de continuer cette conversation plus tard. J'en suis désolée, s'excusa Piper.

— Ce n'est pas grave. Je t'ai à peu près tout raconté ; j'avais juste besoin d'en parler à quelqu'un.

Celeste pénétra dans le club, et Piper l'invita à la rejoindre à la table.

— Salut, Celeste. Tu te souviens de ma sœur Phoebe ?

— Oui, je m'en souviens.

Celeste parlait calmement, mais semblait sur ses gardes. Phoebe lui adressa un sourire.

— Je suis désolée pour l'autre jour, mais il y avait un peu de tension à la maison. Et puis, là, il faut que j'y aille, mais on aura certainement l'occasion de se revoir et de faire plus ample connaissance.

— D'accord, dit Celeste d'un air surpris. Ça serait chouette !

Dès que Phoebe fut partie, elle se tourna vers Piper :

— Ouais ! Elle est sympa !

— Oui, c'est quelqu'un de bien, lui confirma Piper en souriant. (Puis elle fronça le front pour se concentrer.) Et toi ?

Celeste esquissa une inclination de la tête qui ne réussit pas à convaincre Piper.

— Tu as l'air complétement gelée. Je vais te faire un thé chaud. Tu veux que je te prête un pull ?

Celeste se mit à secouer la tête avec impatience.

— Ecoute… c'est Daria. Elle a des réactions bizarres depuis qu'il y a eu ce problème chez toi, vendredi dernier.

— Assieds-toi, lui ordonna Piper. (Elle alla lui chercher un verre de thé à la menthe.) Alors, qu'est-ce qu'il se passe ?

— Ça fait deux soirs de suite que Daria sort. Et les deux fois, elle n'est pas rentrée avant trois ou quatre heures du matin.

— Où va-t-elle ?

— J'en sais rien. Elle ne me parle pas. Dans le centre, elle ne parle à personne. Sauf pour prononcer des menaces. Ça commence à me rendre dingue.

— Qu'est-ce que tu veux dire par menaces ? interrogea Piper, qui commençait à se sentir concernée.

— Des trucs comme : « Personne ne s'intéresse à moi, mais ils seront bien obligés de le faire un jour. » Hier, je l'ai surprise devant la glace en train de dire : « Ils disparaîtront tous bientôt. »

Le regard de Celeste se porta sur Piper comme si elle essayait de saisir une réaction. Mais Piper restait impassible, essayant de faire croire que, comme à son habitude, elle maîtrisait le problème. Par contre, au fond d'elle-même, elle ne se sentait pas bien. L'affaire commençait à sentir le roussi.

Celeste semblait mal à l'aise sur son siège et se mit à regarder ses mains. D'après ce que comprit Piper, Celeste avait l'impression de moucharder.

— Tout va bien, Celeste, la rassura Piper. C'est important que tu puisses tout me dire.

Celeste reprit son souffle.

— Aujourd'hui, c'était encore plus étrange que d'habitude. Elle a dit un truc comme : « Bientôt, je ferai appel aux ténèbres. »

Piper releva brusquement la tête. Faire appel aux ténèbres ? Ça ressemblait à une incantation.

— Tu en as parlé à M. Morgan ?

— Oui, bien sûr. Il m'a juste dit qu'il n'y avait pas de raison de s'inquiéter. (Elle se pencha sur la table.) J'ai pensé que c'était mieux si je venais te voir.

Piper ne pouvait s'empêcher d'avoir de la tendresse pour cette gamine qui, visiblement, lui faisait totalement confiance.

— Daria me fait peur, continua Celeste. J'ai l'impression qu'elle est branchée sur un truc bizarre. Tu voudrais bien lui parler ?

Piper se leva pour aller chercher sa veste et un pull pour Celeste.

— Pete, je reviens le plus vite possible.

— Pour l'ouverture ?

— Je vais essayer, mais là, il y a urgence.

Piper et Celeste sautèrent dans la voiture, direction le *Sunrise Center*. Le temps ne s'amélorait pas ; il faisait froid, le ciel était bas, sombre et menaçant.

— Daria était-elle au centre lorsque tu es venue me voir ?

— Ouais, je suis partie quand elle a commencé à parler de ses histoires de ténèbres. (Les yeux bleu pâle de Celeste se fixaient avec attention sur Piper.) Pourquoi ça a l'air de t'énerver quand je te parle de ça ?

— Je me fais juste du souci pour elle.

Elle ne pouvait lui expliquer à quoi elle pensait vraiment : elle suspectait Daria de s'être embarquée dans la magie noire.

Plus elle en apprenait sur les adeptes de la magie noire, puis ils lui faisaient peur. Ils faisaient miroiter à leurs adeptes le pouvoir absolu, et Piper savait parfaitement que des mômes comme Daria, qui n'avaient ni centres d'intérêt, ni véritables repères, représentaient des proies faciles. Néanmoins, pour une fois, Piper espérait que son intuition la tromperait.

Quelques minutes plus tard, Piper se garait en face du *Sunrise Center*. M. Morgan vint à leur rencontre dans le hall du centre.

— Celeste, pour l'amour du ciel, où étais-tu passée ?

— Je ne suis pas allée très loin, répondit-elle d'un air renfrogné.

— Tu connais le règlement. Si tu sors, il faut que tu nous le dises, pour que l'on sache où tu vas et à quelle heure tu rentreras.

— Elle était avec moi, l'interrompit Piper. Je suis désolée, j'ai oublié de vous le signaler. Avez-vous vu Daria ?

— Elle était en haut il y a encore une demi-heure.

— Je peux aller lui parler ?

— Certainement pas, plaisanta M. Morgan. Piper, je suis ravi que vous vous investissiez autant dans ce programme.

Piper lui lança un rapide sourire, puis monta l'escalier quatre à quatre ; Celeste ouvrit la porte de la chambre.

— Elle est partie. Je t'avais prévenue que M. Morgan ne s'en serait même pas rendu compte.

— Bon, eh bien, on va l'attendre.

Celeste s'étala sur la couchette, tandis que Piper

arpentait la minuscule pièce. *Je dois probablement dramatiser, pensa Piper. Daria a peut-être tout simplement peur. La sorcellerie n'a sans doute rien à voir avec toute cette histoire.*

— Daria est peut-être chez une copine ?

Celeste tripota son jean râpé.

— Je ne pense pas qu'elle ait d'autres amis. Pourtant, hier je l'ai entendue passer un coup de fil. Elle parlait d'un meeting, puis d'un autre truc à propos d'un maître.

Piper s'appuya contre le bureau.

— Maître de quoi ?

— Je ne sais pas. Ils parlaient sans doute de Master D, la nouvelle star du rap.

Ou d'un maître de la magie noire. Piper ne pouvait chasser cette pensée de son cerveau.

Bon, elle ne devait plus perdre de temps : elle allait mener son enquête, ne serait-ce que pour en avoir le cœur net. Piper ne souhaitait qu'une chose : s'être trompée. Et surtout, elle devait protéger Daria. Elle leva les mains et gela le temps, ainsi que Celeste. Puis elle traversa la pièce pour fermer la porte à clé. Elle agissait avec rapidité, car elle ne savait jamais combien de temps allait durer ce phénomène.

Elle fouilla d'abord dans les tiroirs de l'armoire. Les deux premiers contenaient des vêtements, qui devaient être ceux de Celeste. Mais dans le troisième, sous un T-shirt de Daria, elle trouva deux grosses bougies noires, un pentagramme, ainsi qu'une poupée bricolée à la va-vite.

Piper s'assit sur les talons. Il fallait qu'elle se rende à l'évidence ; tout semblait indiquer que Daria était tombée dans la magie noire. Mais à quel stade en était-elle ?

Piper continua son inspection, inquiète de ce qu'elle allait encore trouver. Le quatrième tiroir était rempli de chaussettes et de sous-vêtements. Dans la penderie, rien que des habits ordinaires, deux petites valises vides, un peignoir, et deux manteaux.

Piper jeta un regard à Celeste. Parfait. Elle était toujours statufiée. Elle referma la porte de la penderie, et se précipita sur les tiroirs du bureau. Ils contenaient des stylos, des crayons, un ruban adhésif, quelques enveloppes, un bloc-notes. Et puis une boulette de papier rouge.

Piper la déplia ; une adresse y était inscrite : 4829 Colwood Street. Elle ne savait pas du tout à quoi elle pouvait correspondre, mais il y avait une chance que Daria y soit.

Un très léger déplacement d'air retint son attention. Le temps allait reprendre son cours normal. Piper se dépêcha de déverrouiller la porte et retourna s'appuyer contre le bureau.

— Piper ? (Celeste clignait des yeux comme si elle se réveillait.) J'ai eu comme un éblouissement. Qu'est-ce que tu disais ?

Piper lui tendit le bout de papier.

— C'est bien l'écriture de Daria ?

— Oui.

— Tu connais cette adresse ?

— Non.

— Bon il va falloir y aller. Et sans perdre une seconde.

CHAPITRE 8

Piper, assise au volant, étudiait une carte de la ville.

— T'as trouvé ? lui demanda Celeste avec impatience.

— Je crois. (Piper, bien que souriante, était visiblement inquiète.) Quelle que soit l'adresse exacte, il ne s'agit pas vraiment d'un quartier fréquentable.

En fait, en disant ça, elle était loin de la vérité. Colwood Street faisait partie de Western Addition, en plein centre-ville. Cette rue était proche de Hayes Valley et de Fillmore, deux des quartiers les plus violents de la ville. Et il se trouvait que, la nuit d'avant, Piper avait vu aux informations un reportage sur des fusillades en voiture et des maisons désertées.

Qu'est-ce que Daria pouvait bien faire dans un tel endroit ? Elle s'était peut-être laissé entraîner dans une histoire de drogue ou dans un gang. Piper frissonna. Ces deux possibilités étaient aussi critiques que la magie noire.

— Qu'est-ce qui te fait croire que Daria est à cette adresse ? lui demanda Celeste tandis qu'elle se dirigeait vers Fillmore.

— Rien, reconnut Piper. Mais Daria ne va pas bien. Il faut que l'on sache pourquoi, et cette adresse est le seul indice que nous possédions.

Garde ton calme, se dit Piper en descendant

Fillmore Street par à-coups. Quitte à avoir une amende, elle aurait bien fait un excès de vitesse, mais la circulation était trop dense pour dépasser les quarante kilomètres à l'heure.

Cependant, plus elles se rapprochaient de Coldwood, plus les voitures se faisaient rares. Il n'y avait même plus de lotissements, juste une suite d'immeubles abandonnés servant visiblement de décharge publique. Daria ne pouvait quand même pas se cacher par là ? Piper ralentit encore. Elle aperçut, posés en vrac un matelas pourri, deux toilettes brisées, des morceaux de vaisselle, une carcasse de vélo... bref, cet endroit ne semblait pas susceptible d'accueillir une jeune fugueuse.

De plus, dans cette rue sale et délabrée se cachait autre chose qui rendait Piper mal à l'aise. Elle n'avait plus qu'un seul objectf : retrouver Daria le plus vite possible et partir de là.

— Tu arrives à lire les numéros des immeubles, demanda-t-elle à Celeste.

— Vu leur état, ce n'est vraiment pas facile.

— Je sais. Mais si, par hasard, tu vois le 4829, signale-le-moi.

Celeste se mit à frissonner.

— Piper, j'aime pas ce coin.

— Moi non plus.

Piper ne pouvait le nier, surtout lorsqu'elle prit vraiment conscience que Colwood Street se trouvait totalement déserte. Même dans les quartiers les plus glauques de la ville, on rencontrait toujours au moins un passant ou un chat errant. Mais le calme qui régnait dans Colwood était terrifiant. On ne percevait aucun signe de vie alentour.

Des gouttes de sueur perlèrent le long du dos de Piper, et des frissons l'envahirent. Puis un goût horrible lui emplit la bouche, et elle sentit son estomac près de se retourner. Beurk ! Que se passait-il ? Quelqu'un était-il en train de lui jeter un sort ?

— Tu crois pas que l'on pourrait appeler Daria ? suggéra nerveusement Celeste.

Piper esquissa un simple haussement d'épaules. Elle n'avait pas envie de répondre, car elle ne voulait pas effrayer Celeste en lui disant qu'elle commençait à être prise de panique dans ce quartier sordide.

— C'est là ! hurla soudain Celeste.

Elle pointa du doigt de l'autre côté de la rue, où apparaissaient les ruines d'une grande bâtisse victorienne. Seule la plaque comportant le numéro 4829 était encore visible sur la façade.

Piper s'arrêta net au bord du trottoir pour observer le bâtiment sombre et lugubre. Au niveau du troisième étage, le toit était à moitié effondré. Des bandes de tagueurs avaient recouvert la façade de graffiti, sans doute depuis longtemps, car même ces inscriptions s'effaçaient. Les fenêtres étaient condamnées.

Piper retint son souffle ; la porte d'entrée était entrouverte. Daria se trouvait-elle à l'intérieur ?

— C'est ici, répéta Celeste en descendant à toute vitesse de la voiture.

Piper frissonna de plus belle. Elle sentit son estomac se nouer, et une saveur âcre dans la bouche. Elle n'était quand même pas victime d'une intoxication alimentaire ?

— Celeste ! Attends !

Mais Celeste se dirigeait déjà vers la maison.

Piper s'écroula sur son volant. Elle ne se sentait pas la force de la rattraper, mais elle n'avait pas le choix.

Elle réussit à se glisser hors du véhicule, et s'appuya contre la portière. Le crépuscule tombant, le ciel s'assombrissait ; elle était enveloppée par la puanteur d'ordures en décomposition. Prise de vertiges, elle sentit monter en elle des haut-le-cœur, mais réussit quand même à trouver la force de se diriger vers la bâtisse : Celeste était déjà en train de gravir les marches en bois cassées du perron.

— Attends ! hurla-t-elle.

Cette injonction n'eut aucun effet sur Celeste qui quant à elle, lui lança :

— Hé ! La porte est ouverte !

Puis elle pénétra dans la maison.

— Non, Celeste ! Ressors immédiatement !

Piper oscillait, avançant pas à pas, tandis qu'une nouvelle vague de nausée l'envahissait. Plus elle s'approchait de la maison, plus l'envie de vomir devenait violente. Piper comprit avec effroi qu'il ne s'agissait pas d'une indigestion, mais d'un phénomène provenant de la maison. Et Celeste qui venait de s'engouffrer à l'intérieur !

— Au secours ! (Le hurlement de panique que poussa Celeste transperça l'atmosphère épaisse.) Piper, au secours !

Piper oublia le mal de ventre qui la pliait en deux. Elle grimpa le perron quatre à quatre, et poussa la porte d'entrée vermoulue.

A l'intérieur, il faisait noir comme dans un four. Piper plissa les yeux pour essayer de s'adapter à l'obscurité.

— Celeste ! Où es-tu ?

— Ici, il…

Le hurlement de la gamine s'arrêta net. Mais Piper avait eu le temps de saisir qu'il parvenait d'en haut.

En avançant à tâtons dans l'obscurité, elle finit par trouver une rampe en bois.

— Tiens bon, Celeste, j'arrive.

En rampant, Piper réussit à gravir les marches l'une après l'autre. Le souffle coupé, elle s'arrêta en apercevant une inquiétante lueur verte sur le palier supérieur. Une sueur froide la fit frissonner.

Malgré ses haut-le-cœur de plus en plus éprouvants, elle put franchir les quelques marches qui l'en séparaient encore. Elle y était presque. En se cramponnant à la rampe, elle leva la tête pour observer le palier. Elle y découvrit Celeste allongée sur le sol, noyée dans la sinistre lumière verte, les bras comme tétanisés, les jambes repliées. Pourtant, Piper n'avait pas l'impression qu'elle ait été attachée.

Ça ne pouvait être que le résultat de la magie noire.

Piper franchit la dernière marche qui craqua sous son poids. Celeste dirigea vers elle un regard désespéré.

— Piper… gémit-elle.

Avant même que Piper puisse bouger d'un pouce, une silhouette vêtue d'une robe noire à capuche sortait de l'ombre, pour se placer en plein centre de la lumière verte. Piper ne pouvait distinguer son visage, mais ses yeux étaient rivés sur l'athame, sorte de dague de cérémonie qu'il tenait fermement. Il la souleva au-dessus de Celeste et l'abaissa d'un mouvement haineux.

— Non ! hurla Piper, tout en puisant dans les ressources qui lui restaient la force de geler le temps. La dague s'arrêta net à quelques centimètres de la poitrine de la jeune fille. Celeste, statufiée, avait un regard empli de terreur.

Il fallait qu'elles sortent de là ! Piper se pencha sur Celeste et essaya de la prendre par la main. Mais, comme elle le supposait, elle se trouvait encore sous l'influence du sort lancé par le démon. Piper ne pouvait la faire bouger. Elle tenta de se remémorer toutes les incantations qu'elle avait apprises dans *Le Livre des Ombres*. L'une d'entre elles allait peut-être marcher :

« Desserrer les nœuds, pour se défaire de la magie noire,
Libère celui qui entrave le fond de mon cœur. »

Elle attrapa de nouveau la main de Celeste. Oui ! sa main réagissait à la pression. *J'ai réussi*, se dit Piper avec soulagement. J'ai vaincu le sortilège du démon. Il restait quand même un problème : Celeste avait été statufiée en même temps que le démon et Piper se sentait trop faible pour l'emmener au-dehors. Il fallait absolument que Celeste se réveille et puisse marcher, afin de sortir de la maison sans son aide.

Et si elle attendait trop longtemps, l'effet du sort qui avait arrêté le temps serait dissipé, aussi bien pour Celeste que pour le démon.

Il fallait absolument qu'elle trouve une autre incantation. Mais laquelle ?

Puis il lui vint une idée : elle ne devait pas jeter un sort à Celeste, mais au démon. Par précaution, elle prit la dague sur laquelle les mains du monstre restaient crispées. Elle réussit à lui desserrer suffisamment les doigts pour prendre l'athame qu'elle pointa vers lui en entonnant une autre incantation :

« Verte comme l'herbe, verte comme une ondulation sur l'océan,
la lumière devient tissu et enserre celui qui voulait faire du mal à la fillette.
Verte est la lumière, le vert l'enserrera.
Que ce démon soit ligoté jusqu'à la fin des temps. »

Piper retint son souffle, tandis que la lumière verte devenait plus intense, pour former de longs fils souples qui, en quelques secondes, emmaillotèrent le démon qui se retrouva prisonnier dans un immense filet vert.

Piper sentit ses genoux trembler : elle avait épuisé presque toute l'énergie qui lui restait en jetant les sorts. Puis elle éprouva la sensation familière lui signalant que le temps allait reprendre son cours.

— Celeste, viens, murmura-t-elle. Je ne peux pas te porter.

Les yeux de Celeste reprirent une expression normale. Elle regarda le démon qui, lui aussi, s'étant réveillé, se débattait furieusement dans son filet.

— Mais… mais qu'est-ce qu'il s'est passé ? demanda-t-elle à Piper.

— Ça n'a pas d'importance. Il faut que nous sortions d'ici le plus vite possible.

Piper se retourna et faillit tomber dans la cage d'escalier plongée dans le noir. Celeste la rattrapa par le bras.

— Allez, appuie-toi sur moi, lui dit Celeste.

Dans un effort douloureux, Celeste aida Piper à descendre l'escalier, marche après marche, puis à franchir la porte d'entrée. En s'éloignant de la maison, Piper sentit ses forces lui revenir.

Elle se glissa sur le siège du conducteur et mit le contact. Après avoir dépassé le pâté de maisons, son énergie vitale lui revint.

Elle jeta un coup d'œil discret vers Celeste qui était prise de violents tremblements.

Piper lui prit la main, et conduisit en silence jusqu'à ce qu'elles soient sorties de Western Addition. Puis elle s'arrêta devant un fast-food.

— Qu'est-ce que tu dirais d'un petit milk shake ?

Celeste acquiesça d'un signe de la tête, mais au lieu de sortir du véhicule, elle se jeta dans les bras de Piper en pleurant.

— J'ai eu si peur !

Piper en éprouva une vive émotion. Celeste ressemblait plus encore à une enfant que d'habitude ; elle n'était qu'une petite fille perdue et terrorisée.

— Je sais. (Piper la redressa et lui passa la main dans les cheveux.) Mais tout est terminé. Tu n'as plus aucune raison d'avoir peur. Je te protégerai. C'est juré.

Celeste s'essuya les yeux.

— Tu crois que Daria est dans cette maison ?

— J'espère bien que non.

Elle essayait de rassurer Celeste, mais avait elle-même très peur. Que Daria fût dans cette maison ou pas, elle savait très bien au fond d'elle-même que cette histoire était loin d'être terminée. Elle avait bloqué un démon, mais le diable qui dominait cette maison devait posséder des pouvoirs d'une puissance incroyable. Elle était certaine que d'autres démons peuplaient cet endroit. Ils avaient essayé de la capturer, tout comme Celeste. Et Piper n'ignorait pas que les démons ne lâchaient jamais facilement leurs proies.

Tandis qu'elles se dirigeaient vers le fast-food, Piper

mit ses clés dans sa poche, et sentit le morceau de papier sur lequel était inscrite l'adresse de Colwood Street.

L'adresse que Daria y avait notée. Celeste et Piper avaient failli y laisser leurs vies, à cause de cette simple indication oubliée par Daria.

Piper frissonna. A quelle sorte de magie cette gamine participait-elle ?

CHAPITRE 9

A la nuit tombée, les adeptes se réunirent de nouveau. Le Maître disposa plusieurs rubans rouges devant lui.

— Les *Charmed* se rapprochent. Elles viennent de neutraliser l'un de nos frères. Il a été ligoté par un pouvoir magique, et il est impossible de le libérer.

Un murmure de peur traversa l'assemblée.

— Ne craignez rien. Il va juste falloir que nous redoublions d'efforts.

Le Maître parlait sur un ton solennel. Il prit entre ses mains un calice empli de sang, dont il mit quelques gouttes sur chacun des rubans.

Il tendit les rubans en direction de l'assistance.

— A présent, elles devront vraiment se méfier de nous !

— Prue, c'est vraiment sympa de passer ! dit Adrienne avec un grand sourire. (Avec sa longue robe bleu lavande, brodée de minuscules perles, elle ressemblait à une princesse de conte de fées.) Je viens de recevoir une livraison d'une nouvelle société spécialisée dans la botanique. Tu ne vas pas en croire tes yeux !

— Mettre les pieds dans cette boutique est vraiment dangereux, plaisanta Prue.

Adrienne en eut le souffle coupé :

— Qu'est-ce... qu'est-ce que tu veux dire par là ?

— Tu as toujours des choses incroyables, et chaque fois, je me sens obligée de repartir avec.

Adrienne sourit.

— Alors, aujourd'hui, tu vas vraiment être en danger, continua-t-elle. Regarde ça. (Sur l'étagère, derrière elle, Adrienne attrapa un long coffret en bois verni.) Un pur trésor, fredonna-t-elle en soulevant le couvercle.

Prue remarqua que l'intérieur de la boîte était capitonné de velours bleu foncé. Des dizaines de minuscules bouteilles en verre bleu, portant toutes une étiquette faite à la main, s'alignaient sur le velours.

Prue toucha délicatement les fragiles flacons.

— De l'ortie, de l'hélianthème, de la patience jaune, de l'aulne, de la fausse poudre de licorne, de la prêle, de la consoude, de la bergamote, du fenugrec, de la racine de vie, de la valériane, de l'armoise... lisait Prue à haute voix. C'est quoi, tous ces trucs ?

— Des teintures et des huiles. Ça fait des années que je cherche à m'en procurer. Je crois que je vais finir par avoir dans cette boutique absolument tout ce que recherchent les adeptes de Wicca.

— C'est ce que j'ai ressenti la première fois que je suis rentrée ici. (Prue étudia les teintures.) Est-ce que je peux t'acheter de la racine de vie ?

— Bien sûr.

Adrienne sortit le flacon de la boîte, puis l'enveloppa dans un bout de tissu.

— Prue, est-ce que je peux te demander quelque chose ? En tant qu'amie...

Prue lui sourit. Elle ressentit une onde de chaleur

l'envahir. Adrienne la considérait donc comme une amie !

— Bien évidemment.

— Tu te souviens de la conversation que nous avons eue la dernière fois que tu es passée ici ? Juste avant que les gamines n'entrent ?

— Tu veux parler de tes pouvoirs naturels ?

En fait, elle avait espéré qu'Adrienne reviendrait sur ce sujet.

Adrienne tendit la teinture à Prue, referma le coffret de bois qu'elle reposa sur l'étagère.

— Je t'ai dit que lorsque j'étais adolescente, j'avais découvert que je pouvais léviter. Plus tard, j'ai essayé de développer un autre pouvoir. Un truc qu'il m'arrive de réussir… enfin, parfois.

Prue s'accouda sur le comptoir.

— De quel pouvoir parles-tu ?

— La télékinésie, lui avoua Adrienne dans un souffle.

Prue sentit un frisson d'excitation l'envahir. Etait-elle, elle aussi, une sorcière pratiquant la magie blanche, qui possédait le même pouvoir qu'elle ? Prue jeta un coup d'œil à sa montre. Elle avait un rendez-vous dans quelques minutes, mais elle voulait voir ça.

— Je ne peux pas rester très longtemps, mais je veux voir ça.

— Je vais essayer. C'est tout nouveau pour moi, et ça ne marche pas à tous les coups. Je vais commencer avec… (elle posa une améthyste sur le comptoir) … ça.

Adrienne fixa intensément des yeux le morceau de quartz violet. Prue pouvait sentir à quel point elle se concentrait sur l'énergie qui montait en elle, sans quitter la pierre des yeux. L'améthyste ne bougea pas d'un pouce.

Adrienne prit une profonde respiration. A présent, Prue sentait aussi l'énergie enfouie en elle sourdre doucement. Mais la pierre ne bougea pas plus.

Prue ne put résister davantage. Elle réussit à contrôler son propre pouvoir, et l'améthyste se déplaça de quelques centimètres.

Le visage d'Adrienne s'éclaira d'un large sourire :

— Je n'arrive pas à y croire. Je l'ai ! Je possède ce pouvoir !

— Tu l'as, c'est certain, confirma Prue. Bon, il faut absolument que j'y aille. On se voit plus tard ?

— Oh oui, je veux bien, répondit Adrienne.

Prue sortit de la boutique en souriant. Pour une fois, elle était ravie d'être une sorcière. C'était amusant d'aider une amie.

Prue chantonnait en sortant de son emballage le flacon qu'elle avait acheté chez *Full Moon*. Elle le posa sur le rebord de la cheminée du salon, puis fit un pas en arrière pour admirer quel effet il produisait. C'était parfait. Le bleu du flacon s'harmonisait bien avec le décor de la pièce.

Tout comme l'amitié que j'ai liée avec Adrienne, se dit Prue. Ça lui faisait un bien énorme de connaître quelqu'un avec qui, en dehors de ses sœurs, elle avait des atomes crochus. Cela faisait tellement longtemps qu'elle n'avait pas essayé. Et Adrienne ne pouvait pas la décevoir.

Alors que Prue froissait le sac en papier de chez *Full Moon*, quelque chose s'en échappa. Elle se baissa pour le ramasser : il s'agissait d'un petit ruban en satin rouge avec un nœud en son milieu. Ça devait être un bout de tissu qu'utilisait Adrienne pour faire les paquets-cadeaux. Elle le remit dans le sac.

— Prue !

C'était la voix de Piper qui parvenait du hall d'entrée.

— Je suis là, lui répondit Prue.

Elle entendit sa sœur approcher, et la porte du salon s'ouvrit.

— Hé, je…

Prue ne put poursuivre. Le flacon vacillait. Il allait tomber de la cheminée ! Elle concentra son énergie et en envoya une petite quantité vers le flacon pour qu'il ne bouge plus.

Plaf ! Le flacon s'écrasa sur le sol et se brisa. Piper ne put s'empêcher de lâcher un petit cri de surprise.

— C'est moi qui ai fait ça ? Oh ! je suis vraiment désolée.

Prue fronça les sourcils. C'était très étrange. Pourquoi n'avait-elle pas réussi à stopper la chute du flacon ? Elle avait dû être distraite par l'entrée de Piper dans la pièce.

— Prue ? Je suis vraiment désolée. Je ne sais pas ce que c'est, mais je t'en rachèterai un autre.

— Non, ce n'est pas grave. Je l'avais posé trop près du bord.

Prue se rendit dans la cuisine pour y chercher un balai et une pelle. Elle essayait de ne pas prendre cet incident au sérieux, mais elle ne pouvait pourtant s'empêcher de se poser des questions. Son pouvoir ne l'avait encore jamais trahie. Pourquoi, cette fois-ci, n'avait-il pas marché ?

CHAPITRE 10

Phoebe ferma son parapluie et pénétra dans le *Toscana*. Elle ne put éviter de plisser les yeux de surprise. De l'extérieur, le restaurant ressemblait aux autres immeubles en brique de l'Embarcadero. Par contre, à l'intérieur les murs étaient recouverts d'une peinture dont la couleur rappelait celle des vieux parchemins, et le sol se composait de tomettes rouge sombre. Un feu flambait dans une cheminée en pierre, des assiettes en porcelaine d'Italie peintes à la main étaient accrochées aux murs.

— *Buona sera, Signorina*, la salua le maître d'hôtel pour l'accueillir. Vous êtes seule ?

— Non, j'ai rendez-vous avec M. Kenji Yamada.

— Suivez-moi.

Le maître d'hôtel l'accompagna derrière une arche en pierre vers une petite salle dont la porte-fenêtre fermée donnait sur un jardin regorgeant de plantes vertes et de fleurs de toutes les couleurs sur lesquelles la pluie tombait.

Kenji se leva lorsqu'elle s'approcha de la table.

— J'espérais que l'on aurait pu dîner dans le jardin, mais avec ce temps…

— C'est parfait. J'ai l'impression d'être dans la cuisine d'une superbe maison de campagne italienne.

— C'est exactement l'ambiance que nous avons voulu recréer, lui expliqua le serveur.

Il leur apporta la carte, du pain frais, ainsi qu'une petite fiole d'huile d'olive.

— Tu es très belle, lui dit Kenji dès que le serveur eut tourné le dos.

Phoebe sourit.

— Tu veux parler de mon look semi-médiéval ?

Elle avait essayé six tenues différentes avant de se décider pour une robe en velours rouge foncé avec de longues manches. D'habitude, Phoebe préférait les robes courtes près du corps. Mais cette fois, c'était différent. Un col carré coupé bien droit décorait le haut de sa robe, sous laquelle elle portait une luxueuse chemise cintrée. A en juger par le regard de Kenji, elle avait dû faire le bon choix.

— Tu es vraiment très séduisante.

Il offrit à Phoebe une superbe rose rouge, entourée d'un petit ruban de satin rouge.

— Oh ! Elle est superbe ! dit-elle en la prenant. Merci !

Leurs regards se croisèrent et elle sentit une onde de plaisir l'envahir. Il semblait avoir attendu ce moment avec autant d'impatience qu'elle.

Phoebe passa doucement la main sur sa joue.

— Tes bleus sont presque partis, lui fit-elle remarquer.

Il sourit.

— Ça commence à aller mieux.

— Alors, tu ne regrettes pas d'avoir participé à ce tournoi ?

— Oh non ! Vu mon classement, Sensei Towers m'a autorisé à suivre des cours dans les niveaux supérieurs.

(Il haussa les épaules.) En plus, j'ai compris que j'aimais les challenges.

Phoebe ressentait la même chose depuis que ses sœurs et elle avaient pris conscience de leurs pouvoirs.

— Je ne sais pas quoi te répondre. Je préfère ne pas être confrontée à ce genre de situation.

Kenji eut l'air surpris.

— Qu'est-ce que tu veux dire ? Tu as l'habitude de te mettre dans des situations embarrassantes ?

— Non, je parle seulement du karaté, répondit-elle rapidement. Pour l'instant, ça me plaît, mais combattre m'effraie un peu.

— Je n'aime pas spécialement ça non plus, avoua Kenji. Trop de gens se dirigent vers les arts martiaux parce qu'ils sont agressifs.

Phoebe acquiesça, en se disant qu'il en était de même pour ceux qui décidaient d'entrer dans le monde des ténèbres.

— En fait, j'aime surtout les sensations que je ressens lorsque je m'entraîne, lui expliqua Kenji.

Phoebe aimait également le voir s'entraîner.

Kenji portait une chemise blanc cassé sans col et un pantalon kaki. Les manches relevées de sa chemise découvraient des avant-bras musclés et bronzés. Phoebe était ravie : elle adorait les garçons baraqués.

Le serveur vint prendre la commande. Phoebe choisit une polenta aux champignons grillés, et Kenji des pâtes avec une sauce aux asperges.

— Parle-moi de toi, dit Kenji quelques instants après. Je veux tout savoir. Pour l'instant, je sais seulement que tu as vécu à New York, que tu es revenue à la maison, et… (il se pencha sur la table) … que tu embrasses exceptionnellement bien.

— Eh bien, en fait… je suis en train de me chercher. Je ne sais toujours pas quoi faire de ma vie. Mes deux sœurs ont trouvé leurs voies : Prue travaille chez un commissaire-priseur, Piper vient d'ouvrir un bar branché. Quant à moi, j'en suis toujours à me demander ce que je ferai quand je serai grande.

Kenji lui prit tendrement les mains :

— J'ai comme l'impression que ça te perturbe.

— Non, pas vraiment. En fait, c'est juste à cause de Prue, ma sœur aînée, qui me pousse à trouver un travail fixe.

Kenji claqua des doigts.

— Je sais ! Pourquoi pas des études d'ingénieur ?

Phoebe éclata de rire.

— Impossible ! En plus, Prue serait capable d'être d'accord.

— Elle est drôlement sévère ta sœur, lui fit remarquer Kenji.

Phoebe inclina la tête et cala son menton dans la paume de sa main. C'était si facile de parler avec Kenji. Elle réfléchit un moment sur ses relations avec Prue ; bien sûr, elles n'étaient pas toujours simples.

— Nous sommes simplement très différentes l'une de l'autre. Et puis, vivre sous le même toit provoque quelques… tensions. Cela dit, nous nous aimons beaucoup, ajouta-t-elle rapidement.

Kenji lui sourit.

— Je suis pressé de faire leur connaissance.

— Tu es certain d'être prêt pour ça ? lui demanda Phoebe sur le ton de la plaisanterie.

— Phoebe, j'ai vraiment envie de te connaître mieux. Il faut donc que je connaisse ta famille. De plus, je suis persuadé que se retrouver face aux trois sœurs Halliwell doit être une expérience très intéressante.

Les plats arrivèrent, et pendant un long moment, la conversation ne tourna qu'autour de la qualité des plats. Lorsque le serveur leur tendit la carte des desserts, Phoebe poussa un gémissement :

— Non, merci, je n'en peux plus.

— Moi non plus, ajouta Kenji avant de demander l'addition.

Phoebe était un peu déçue. Ils n'allaient quand même pas se quitter tout de suite. Elle aurait dû commander un soufflé au chocolat ; ça prend un temps fou à préparer.

— J'ai une idée. (Kenji tourna la tête vers la porte-fenêtre.) La pluie a l'air de s'être arrêtée. Si on allait faire une petite balade ?

Phoebe et Kenji flânèrent le long de l'Embarcadero, la promenade qui longeait le bord de mer à l'est de la ville. Le fond de l'air était frais, le ciel à nouveau dégagé, et les lumières des lampadaires brillaient dans la nuit.

— Phoebe, il y a…

Kenji s'arrêta de marcher, prit la main de Phoebe et l'attira contre lui.

— Phoebe, il y a quelque chose que je veux te dire depuis le début de la soirée.

Le cœur de Phoebe se mit à battre.

— De quoi s'agit-il ?

— Je veux juste savoir… (Il marqua une pause, comme s'il cherchait les mots justes.) Je te trouve douce, élégante, drôle et si belle que tu es en train de me rendre fou.

Phoebe regarda Kenji avec intensité. Elle cherchait

dans ses yeux ce qui aurait pu ressembler à une lueur de mensonge, voire de tromperie. Comment était-il possible qu'un aussi bel homme puisse vraiment penser ce qu'il venait de lui dire ?

— Tu ne me crois pas, lui dit Kenji d'une voix douce.

— Je… je n'ose pas, lui avoua Phoebe.

Comment pouvait-elle lui avouer que depuis qu'elle avait découvert leurs pouvoirs, elle vivait constamment dans la peur de croiser un démon ?

Kenji la prit dans ses bras :

— Il est peut-être temps que tu te détendes, murmura-t-il d'une voix rauque.

Phoebe sentait l'odeur vive et boisée de son parfum. Ils restèrent un long moment enlacés, comme pourraient le faire deux amis qui ne se sont pas vus depuis des années. Puis il lui caressa la joue, avant de descendre sa main sur ses hanches. Un frisson parcourut Phoebe lorsque leurs lèvres se rencontrèrent. Tout la troublait quand elle se trouvait contre lui : ses caresses, son odeur, sa saveur. Le baiser était chaud et passionné, comme si aucun des deux n'avait envie qu'il se termine.

L'étreinte devint si intense que Phoebe recula la première. Serait-elle capable de lui résister longtemps ? Elle avait tellement envie de lui…

Kenji lui ramena gentiment une mèche de cheveux en arrière.

— Tu ne crois toujours pas que je t'aime beaucoup ?

Phoebe tourna légèrement son visage et Kenji lui caressa doucement la joue.

— D'accord. Je te crois.

— Et si on allait à la maison ? lui proposa-t-il.

— Tu veux dire chez toi ?

Il acquiesça.

— On aura dix mètres carrés à nous.

Phoebe éclata de rire.

— C'est séduisant. (Elle ferma les yeux.) Mais je ne peux pas.

— Qu'est-ce que tu veux dire ? Phoebe, regarde-moi. Qu'est-ce qui se passe ?

Phoebe rouvrit les yeux et rencontra le regard étonné de Kenji. Elle vit qu'il était troublé, et s'en voulait d'en être la cause.

— Tout va bien, lui expliqua-t-elle. Et c'est pourquoi je ne peux pas.

Kenji fronça les sourcils :

— Je n'y comprends rien.

— Kenji, je ne peux pas, parce que je me sens très bien avec toi. Je ne veux pas me précipiter dans une histoire, si c'est juste une aventure sans lendemain.

Elle lut dans son regard qu'il comprenait ce qu'elle voulait dire.

— C'est donc de ça que tu as peur ? lui demanda-t-il gentiment.

Phoebe le lui confirma d'un signe de la tête.

— Comment peux-tu savoir que ça risque de finir de cette façon ? Tu lis dans l'avenir ?

Le visage de Phoebe se contracta. Elle sentit sa gorge se nouer. Qu'est-ce que Kenji voulait dire par là ? Avait-il un doute sur son pouvoir ? Elle le regarda à nouveau dans les yeux. Son regard apparassait chaleureux et tendre. Non, c'était impossible.

— Je ne veux pas disparaître de ta vie, le rassura-t-elle. J'ai juste besoin d'un peu de temps.

— D'accord. (Il la prit de nouveau dans ses bras.)

De toute façon, n'espère pas que je vais te laisser partir aussi facilement. (Il effleura le ruban qui entourait la rose.) Tôt au tard, Phoebe, tu seras complètement sous mon charme.

Un parfum doux et capiteux montait du chaudron suspendu dans l'âtre. Le Maître alluma les deux candélabres à trois branches, puis se dirigea vers l'autel.

Il commença à réciter des incantations en latin qui furent reprises par les disciples.

Le grand cristal suspendu au-dessus d'eux se mit à briller, et, bien que les fenêtres soient condamnées avec des planches et que la porte soit fermée, un vent violent se mit à souffler dans la pièce. Les flammes des bougies tremblaient, faisant apparaître sur les murs les ombres de monstrueuses créatures.

Le Maître prit la parole :

— Je suis heureux de vous annoncer que nous avons progressé dans notre combat contre les *Charmed*. Nous avons découvert que l'une d'entre elles est capable de geler le temps. C'est le pouvoir qu'elle a utilisé pour piéger notre frère.

Un murmure parcourut l'assistance.

— Et, en ce qui concerne mes deux émissaires, où en est-on ?

Deux silhouettes vêtues de soutanes noires s'avancèrent lentement vers lui.

— Alors, Kenji ? s'enquit le Maître.

Le jeune homme s'agenouilla devant lui.

— Je crois que la plus jeune, Phoebe, a le pouvoir de prédire le futur. Mais je pense qu'elle ne contrôle pas complètement ses visions.

Le Maître se tourna ensuite vers Adrienne :

— Et toi ?

— Prue, la sœur aînée, a le pouvoir de télékinésie. Elle m'en a fait une démonstration à la boutique.

— Vous avez fait un excellent travail !

Il leur fit signe de rejoindre les autres fidèles.

— Lorsqu'elles sont toutes les trois ensemble, ces sorcières sont très fortes, mais pas invincibles, déclara le Maître aux fidèles. Nous possédons le cristal. Nous possédons aussi la force combinée de tous les membres de l'assemblée présents ici. Enfin, nous possédons le talisman rouge. Mes frères, mes sœurs, nous allons les détruire !

— Attendez ! l'interrompit Adrienne.

— Qu'y a-t-il ? rétorqua le Maître.

— N'y a-t-il pas un autre moyen de s'occuper des *Charmed* ?

— Quel autre moyen ? aboya-t-il sur un ton cassant.

Adrienne blêmit, mais continua :

— Ne pouvons-nous pas nous contenter de prendre leurs pouvoirs ? Pourquoi devons-nous les tuer ?

— Parce que, mon innocente petite biche, dit le Maître comme s'il crachait du venin, si elles possèdent maintenant des instruments de pouvoir, qu'est-ce qui les empêchera de les reconquérir ?

Le Maître leva les bras.

— Les *Charmed* doivent être détruites ! hurla-t-il. Détruites !

Les fidèles entonnèrent une psalmodie dont les notes tourbillonnaient dans la pièce sombre.

CHAPITRE 11

Le lendemain, au crépuscule, Prue flânait sur la 24e Rue, portant à la main un petit cabas qui se balançait doucement. La plupart des boutiques devant lesquelles elle passait se trouvaient sur le point de fermer, néanmoins, la rue restait très animée : des gens sortant du travail se hâtaient de rentrer chez eux, d'autres s'arrêtaient dans les épiceries faire quelques courses pour le dîner, et certains faisaient déjà la queue devant les restaurants branchés de Noe Valley.

Prue slalomait entre les tables de la terrasse d'un café, lorsqu'elle s'arrêta, attirée par une délicieuse odeur de café. Elle avait eu une rude journée chez *Buckland*, et ça ne lui ferait pas de mal d'entrer dans le bar pour se donner un petit coup de fouet.

Mais elle décida que ce soir-là n'était pas le bon : elle n'avait pas envie de perdre du temps. Elle voulait rentrer à la maison pour emballer le cadeau qu'elle venait d'acheter pour Phoebe, avant que celle-ci ne rentre de son cours de karaté.

Elle changea son cabas de main. Elle était contente de son acquisition : un sachet d'*Herba euphrasia*, ainsi qu'un joli pot fait à la main en céramique bleue. Elle avait remarqué cette herbe la veille chez *Full Moon*, puis consulté *Le Livre des Ombres* pour y trouver des renseignements la concernant.

« En la faisant infuser avec du thé, elle permettra d'obtenir un sommeil apaisant, et de mieux lire dans l'avenir », était-il écrit dans le livre. Cela lui semblait être le cadeau idéal pour que Phoebe et elle scellent la paix.

Non pas que les deux sœurs se soient récemment disputées, mais il y avait toujours des moments de tension entre elles. Et c'étaient ces petits moments que Prue voulait effacer.

Elle soupira, sachant que Phoebe pensait qu'elle ne partageait pas ses idées. Il fallait bien reconnaître que Prue n'était pas emballée par la vision que Phoebe avait du travail. Mais depuis qu'elles avaient découvert leurs pouvoirs, Prue éprouvait beaucoup plus de respect pour sa plus jeune sœur. Phoebe avait été la première à prendre au sérieux *Le Livre des Ombres*. Et depuis lors, elle semblait avoir un attachement particulier pour ce livre. Avec beaucoup de patience, Phoebe leur avait fait prendre conscience qu'elles étaient des sorcières. En plus de son don pour prévoir l'avenir, Phoebe avait l'intuition que Prue apprenait à lui faire confiance.

Quant à Piper… Prue ne s'était pas montrée très souple lorsqu'elle avait appris que Piper allait être bénévole au *Sunrise Center*. Celeste et Daria semblaient être de braves gamines, même si Daria se comportait de manière agaçante à la maison. Elle réalisa qu'il fallait qu'elle change également de comportement vis-à-vis de Piper et de ses filleules. Elle se promit de le faire le plus vite possible.

Prue se dépêcha de récupérer sa voiture pour ne pas se faire prendre dans les embouteillages. Elle espérait que sa sœur apprécierait le cadeau, d'autant plus qu'elle avait choisi l'herbe adéquate. Elle jeta un coup d'œil dans le cabas pour vérifier. Cette fois, Adrienne lui avait donné le bon ingrédient.

Bien sûr que c'était la bonne herbe ! Comment pourrait-il en être autrement ? Il fallait qu'elle cesse de se montrer aussi méfiante, et qu'elle ne perde pas de vue qu'Adrienne était son amie ! Puis elle remarqua quelque chose d'autre dans le sac.

C'était étrange. Elle attrapa un autre ruban rouge noué en son milieu. C'était la seconde fois qu'elle trouvait ce genre de ruban. Comment était-il arrivé là ?

Elle traversa la rue sans quitter des yeux le ruban. Un klaxon retentit, lui faisant relever la tête. Un gros 4x4 qu'elle n'avait pas vu venir fonçait droit sur elle ! Par réflexe, elle envoya une décharge de son pouvoir pour arrêter le véhicule, tout en espérant que la voiture qui le suivait ne le percuterait pas.

Mais le 4x4 ne s'arrêta pas : Prue se figea en le voyant arriver droit sur elle !

Un hurlement de terreur jaillit de sa gorge tandis qu'une main ferme l'attrapait par le poignet pour la tirer en arrière.

Prue et son sauveteur tombèrent sur le trottoir. Quand elle leva la tête, elle vit à côté d'elle un adolescent dégingandé qui se redressait sur ses genoux.

— Ça va ? lui demanda-t-il.

— Je… je crois, bégaya Prue.

— Ce 4x4 a failli vous écraser. Vous marchiez droit sur lui. Pourquoi vous ne vous êtes pas poussée ?

— Je… j'étais distraite, marmonna Prue.

Elle s'assit, encore sous le choc, incapable de tenir debout. Son bras portait quelques égratignures, mais la chute n'avait provoqué aucune autre blessure. Elle regarda dans le sac : la coupe en céramique était encore en un seul morceau.

Pourtant, dans son for intérieur, elle sentait que quelque chose venait de se briser. Elle était saine et sauve, mais elle n'avait jamais eu aussi peur de sa vie. Son pouvoir n'avait jamais échoué d'une façon aussi misérable.

Son sauveteur se remit sur ses pieds, puis lui tendit la main pour l'aider à se relever. Prue lui devait une fière chandelle.

— Merci. Vous m'avez sauvé la vie.

Le garçon rougit jusqu'aux oreilles.

— Je vous en prie. Mais la prochaine fois, faites attention.

— C'est promis.

Contrairement à ce qu'elle avait décidé de faire, elle entra dans le café et commanda une tasse de thé chaud à la camomille. Elle ne se sentait pas capable de reprendre sa voiture et de conduire tout de suite.

Que s'était-il passé ? Pourquoi n'avait-elle pas réussi à figer le véhicule ? Elle prit une grande goulée d'air et essaya de se calmer. Il fallait qu'elle comprenne. Bon, elle savait qu'elle avait utilisé son pouvoir, se raisonnait-elle. Mais le véhicule lui avait quand même foncé dessus. Comme si son pouvoir s'était inversé.

Ce n'était pas possible. Et pourtant, ses égratignures pouvaient en témoigner. Elle sentit la peur l'envahir. Elle tremblait tellement qu'elle dut reposer la tasse de thé pour éviter de la renverser.

Elle ne comprenait vraiment pas pourquoi son pouvoir s'était retourné contre elle.

Ce soir-là, lorsque Sensei Towers termina son cours, Phoebe était en sueur et épuisée. Elle avait reçu un coup pendant l'entraînement, et ressentait une douleur à la cage thoracique. Elle fut la dernière à quitter le tatami, et se dirigeait vers le vestiaire des femmes en se frottant le côté.

— Hé ! Tu es sur la liste des blessés ?

Elle leva les yeux pour découvrir Kenji, debout devant la porte du vestiaire des hommes. Phoebe devina qu'il était là pour suivre un cours supérieur au sien. Cela faisait deux jours qu'elle ne l'avait pas vu, en fait depuis qu'elle avait pris la décision de ne pas aller tout de suite chez lui. Elle se demandait encore s'il avait vraiment compris son choix.

— Je pense que je vais survivre, lui dit-elle sur un ton léger. C'est juste une petite douleur.

— J'ai vu le coup que tu as reçu. Si tu veux, on pourra travailler ensemble un peu plus tard dans la semaine. Je te montrerai comment contrer ce genre d'attaque.

— C'est une bonne idée. J'ai une certaine affection pour mes côtes, ça m'embêterait de les abîmer.

— Moi aussi, je tiens à tes côtes, lui répondit Kenji en lui lançant un sourire enjôleur.

Phoebe se détendit immédiatement. Tout allait bien.

— Ça me revient, dans mon casier, j'ai une crème homéopathique très efficace pour les contusions, continua-t-il. Attends-moi une seconde, je vais la chercher.

— D'accord.

Phoebe le regarda disparaître dans le vestiaire. Elle se dit que ce garçon était vraiment sympa et doux.

Un moment après, Kenji lui tendait un tube de crème.

— Tu t'en passes plusieurs fois par jour. Ça calme la douleur et fait disparaître les bleus un peu plus vite.

— Bien, docteur, le taquina-t-elle.

— Et rappelle-moi dans la matinée, ajouta-t-il.

Etait-il vraiment sérieux ? Voulait-il qu'elle l'appelle à son bureau ?

— Ben d'accord… je veux bien, doc, mais je n'ai pas le numéro de ton bureau.

— Aïe ! J'aurais dû te le donner, mais là… mon cours va commencer dans cinq minutes, et il faut que je fasse des étirements et que je m'échauffe avec quelques katas. Et si on sortait ensemble demain soir ?

Phoebe lui fit une moue moqueuse.

— Il va falloir que je demande à ma secrétaire de regarder dans mon agenda, dit-elle sur un ton très sérieux, avant de lui sourire. Je pense que ça ne posera pas de problème.

— Super ! On se retrouve ici à sept heures, et on verra ce qu'on a envie de faire.

Kenji s'approcha d'elle, lui fit un rapide baiser sur les lèvres, puis partit s'échauffer.

Phoebe rentra dans le vestiaire sur un petit nuage. Elle se regarda dans le miroir : avec son *gi* trempé de sueur et ses cheveux plaqués sur le front, elle était assez moche, et Kenji lui avait encore demandé de sortir avec lui. C'était trop beau pour être vrai !

Phoebe pouffa de rire lorsqu'elle retira son *gi* et se passa la crème sur le côté qui lui faisait mal. Elle finit de s'habiller, mit son *gi* dans son sac, et se brossa les cheveux. Puis elle enfila son sweat-shirt préféré, un bien épais avec une capuche ; elle était encore en sueur et ne voulait pas attraper froid en sortant.

Lorsqu'elle ressortit du vestiaire des femmes, Kenji

était seul, finissant ses katas. Il exécuta un lancer de coup de pied retourné parfait, puis il se déplaça lentement pour enchaîner une série de coups. Il était tellement concentré qu'il ne se rendit pas compte de sa présence.

Tant pis, pensa-t-elle. *Je ne suis pas son seul centre d'intérêt, mais il est vraiment beau gosse.*

Phoebe salua avant de sortir du dojo, puis courut jusqu'à l'angle du pâté de maisons où elle avait garé sa voiture. Elle tira un grand coup sur la portière : la serrure était cassée, et elle n'avait pas eu le temps de la faire réparer. Du coup, elle passa par la portière du passager, se glissa sur le siège du conducteur, et posa son sac de sport à côté d'elle. Elle allait en sortir ses clés lorsqu'elle remarqua que quelque chose dépassait du sac. Elle tira dessus.

Un ruban rouge avec un nœud en son milieu… *C'est étrange*, se dit-elle. Comment était-il arrivé dans la voiture ? Il s'était peut-être détaché de la rose que Kenji lui avait offerte et était tombé dans le sac quand elle était partie de chez elle. Quoi penser ?

Phoebe eut un haussement d'épaules, puis fouilla dans son porte-monnaie, espérant y trouver enfin ses clés. Ses doigts saisirent par hasard la crème homéopathique de Kenji. Elle fit un bond et des éclairs l'aveuglèrent. Elle allait avoir une vision, des images se mettaient à flotter devant elle.

Elle se trouvait seule avec Kenji dans le dojo. Tous les deux portaient leur *gi* blanc. Elle l'embrassait, juste comme elle venait de le faire dix minutes auparavant. Elle se vit se rhabiller, puis quitter le dojo.

Kenji s'entraîne, effectuant des mouvements puissants et s'appliquant à une concentration si intense qu'il ne se rend pas compte de la présence d'une autre personne – un homme d'une grande taille, vêtu d'une robe noire, dégainant un couteau brillant et plongeant sur Kenji.

La vision prit fin.

— Non ! hurla Phoebe.

Elle se rua hors de la voiture et retourna au dojo. Sa côte blessée la faisait souffrir, mais elle laissait cette douleur de côté. Il fallait qu'elle trouve Kenji.

Son cœur battait à tout rompre lorsqu'elle ouvrit la porte du dojo.

— Kenji ? cria-t-elle.

La pièce était vide.

Elle avança sur le parquet. Le dojo semblait trop tranquille. Y avait-il quelqu'un ? Certainement, puisqu'il devait y avoir un cours pour les niveaux supérieurs. Où était Kenji ?

Elle aperçut une silhouette dans un miroir. Elle se retourna et eut le souffle coupé. L'homme à la soutane noire de sa vision s'avançait vers elle. Elle ne pouvait voir son visage dissimulé par sa cagoule, mais l'éclat du couteau en argent qu'il tenait était terrifiant.

Prise de panique, elle se montra incapable de se souvenir du moindre des mouvements de karaté qu'elle connaissait. Alors qu'elle se précipitait vers la porte en hurlant, elle sentit quelque chose de pointu la retenir par la capuche de son sweat-shirt. Etouffant, elle porta les mains à sa gorge. Son agresseur se servit de sa capuche pour l'attirer vers lui. Ses genoux se dérobaient sous elle et elle s'écroula sur le sol.

L'homme en noir lâcha la capuche. Phoebe toussa et cracha, essayant de reprendre sa respiration. Elle leva les yeux et vit l'homme lever son couteau. Mais, avant qu'il ne puisse enfoncer la lame, un cri assourdissant les paralysa tous les deux.

Sensei Towers se jetait sur l'homme cagoulé, bloquant le bras qui tenait le couteau, et décochait un violent coup de pied frontal dans le coude de l'homme. Phoebe entendit un horrible craquement, signalant la fracture du bras de son agresseur. L'homme en noir lâcha le couteau en poussant un cri de souffrance.

— Phoebe !

Sensei Towers s'agenouilla à côté d'elle. L'agresseur en profita pour s'enfuir. Sensei Towers fit un geste pour rattraper l'homme, puis se ravisa. Il était trop tard.

— Ça va ? T'a-t-il blessée ? demanda le professeur.

— Non. Vous l'avez arrêté juste à temps.

Sensei Towers lui prit le pouls, puis se redressa sur les talons.

— Tu sembles aller bien. Est-ce que je peux te laisser une minute pour appeler la police ?

Phoebe lui fit un signe de tête affirmatif, et se leva. Elle se laissa aller lourdement contre le mur le plus proche. Elle avait failli se faire tuer par un démon armé d'un couteau. Oui, elle était à peu près certaine qu'il s'agissait d'un démon.

Elle frissonna, réalisant que l'accalmie était terminée. Mais ce qui l'effrayait le plus, c'est que, pour la première fois, sa vision s'était révélée fausse. Elle avait effectivement vu un événement qui ne s'était pas produit.

Pour une raison ou une autre, quelque chose de dangereux avait détraqué son pouvoir.

CHAPITRE 12

Piper, dans la réserve du club, effectuait son inventaire hebdomadaire, comme tous les lundis après-midi. Se parlant à elle-même, elle passa en revue tout ce que contenaient les étagères : « Commander des serviettes en papier ; les nappes, ça va ; se calmer sur les dessous de verre… »

Entendant frapper à la porte de la réserve qui était ouverte, elle leva les yeux de son bloc-notes. Celeste se trouvait plantée devant elle, ses yeux bleu pâle voilés par un regard triste.

— Celeste ! Ça va ? s'enquit Piper.

— Je survis, répondit la gamine.

Elles s'étaient échappées de la maison de Colwood Street depuis deux jours seulement. Il y avait peut-être quelque chose de nouveau. Piper espérait que Celeste ne s'était pas fait attaquer par un autre démon.

Piper posa son bloc-notes.

— Tu as envie d'une limonade ?

— Volontiers.

Piper en servit deux et alla s'asseoir à une table avec Celeste.

— J'ai l'impression que tu n'as pas dû dormir beaucoup la nuit dernière, lui fit remarquer Piper.

— C'est vrai. Je n'ai pas arrêté de penser à la maison, admit-elle en lançant à Piper un regard prudent.

Piper sentit sa gorge se serrer. Celeste se rappelait-elle les incantations qu'elle avait récitées ? Le fait qu'elle avait gelé le temps ? Celeste avait-elle compris qu'elle était une sorcière ?

— De quoi te souviens-tu ?

— Je me souviens d'être rentrée toute seule dans la maison et de monter l'escalier. Ensuite, je me souviens de quelqu'un en soutane avec une cagoule ainsi que d'une horrible lumière verte. Alors, je t'ai appelée en hurlant. (Celeste frissonnait.) Après, j'ai un trou de mémoire. Je sais juste que l'on est sorties ensemble de la maison.

Piper se sentit un peu soulagée.

— Qu'est-ce qui s'est passé depuis ? Tu es sûre que tu vas bien ?

— Oui. Enfin, je crois. En fait, je suis inquiète. Quand Daria est rentrée la nuit dernière, elle était très bizarre. Un peu comme si… elle était possédée.

Piper se tenait sur ses gardes. C'était peut-être vrai. Un démon avait-il jeté un sort à Daria ? Les *Charmed* avaient déjà vu des cas similaires par le passé.

Celeste poussa son verre de limonade.

— C'est pour ça que je suis ici. Daria était folle furieuse contre toi l'autre jour. J'ai même eu peur qu'elle te fasse du mal. Et la nuit dernière, elle m'a dit que si je dormais dans la même chambre qu'elle, elle allait me tuer. Elle m'a même montré un couteau.

— Quoi ? (Piper faillit s'étrangler.) Mais, où as-tu dormi la nuit dernière ?

— Sur un banc du réfectoire. C'est la seule salle commune qui soit ouverte toute la nuit.

— Tu en as parlé à M. Morgan ?

Celeste roula des yeux effrayés.

— Ça ne servirait à rien. Daria nierait tout.

— Tu veux que j'en parle à M. Morgan pour voir avec lui s'il ne peut pas te donner une autre chambre ?

— Le centre est plein, répondit Celeste sur un ton las. Et même s'il me trouve une autre place, il va falloir que quelqu'un d'autre partage la chambre avec Daria. Et je ne suis pas sûre que ce soit une bonne idée.

— Je crois que tu as raison, l'approuva Piper.

Celle-ci réfléchit à différentes solutions possibles, avant de réaliser qu'il n'y en avait qu'une seule.

— Celeste, aimerais-tu rester à la maison pendant un moment ?

Celeste lui jeta de nouveau un regard circonspect.

— Tu ne parles pas sérieusement ?

— Je ne te l'aurais pas dit, si ma proposition n'était pas sérieuse.

— Mais, et tes sœurs…

— Mes sœurs comprendront, assura Piper, avec plus de conviction qu'elle n'en ressentait.

Celeste ne la regardait pas. Les yeux baissés sur la table, elle traçait des dessins avec un doigt. Piper se rendit compte qu'elle avait peur d'accepter, et d'être déçue.

— Celeste, tu ne peux pas rester au centre si tu ne t'y sens pas en sécurité à cause de Daria.

Celeste redressa la tête.

— Ça m'a déjà fait tout drôle de venir une fois chez toi.

— Bon, écoute-moi. Qu'est-ce que tu décideras si j'en parle à mes sœurs et qu'elles acceptent ?

Celeste lui adressa un sourire désabusé.

— Ouais, c'est ça. Et t'as quoi encore à me sortir de ton chapeau ?

Piper ignora la raillerie.

— Je vais immédiatement appeler à la maison. (Elle composa le numéro, et après trois sonneries, raccrocha.) Il n'y a personne.

Celeste se leva.

— Je serai très bien au centre. Je ne suis pas si mal dans le réfectoire.

Piper savait qu'elle devait convaincre ses sœurs avant que Celeste ne s'installe.

— Ecoute-moi. Demain, lorsque j'aurai parlé à mes sœurs, je passerai te prendre. Tu vas habiter chez nous.

Celeste enlaça Piper :

— J'espère, gémit-elle.

Piper, profondément troublée, retourna dans la réserve. Elle ne pouvait pas laisser tomber Celeste. Il fallait qu'elle élabore soigneusement un plan. La moindre des choses était de prévenir M. Morgan et de lui raconter ce qu'il se passait avec Daria. Il devait lui trouver un endroit sûr – au moins pour cette nuit. Puis Piper lui demanderait l'autorisation d'accueillir Celeste chez elle pendant quelque temps.

Elle prit son sac à main, pour y chercher la carte du centre. Ne la trouvant pas, elle regarda dans son portefeuille. Elle n'y était pas non plus. Son agenda contenait trois cartes professionnelles, mais aucune du *Sunrise Center*. En revanche, au fond de son sac, elle sentit quelque chose d'inhabituel. Piper écarquilla les yeux de surprise en extirpant un ruban rouge, noué en son milieu. D'où pouvait-il bien provenir ? Elle le jeta dans la poubelle.

Elle se dirigeait vers le téléphone pour appeler les renseignements, lorsqu'elle perçut une vibration sourde derrière elle. Se retournant, elle découvrit une grande étagère en métal, encombrée de lourdes boîtes de conserve, qui vacillait.

Stupéfaite, elle constata que l'étagère s'inclinait vers elle. Piper tendit les mains, comme elle avait l'habitude de le faire pour arrêter le temps.

Mais l'étagère continuait sa chute. En une fraction de seconde, Piper se sentit clouée sur place, incapable de faire intervenir son pouvoir.

Elle hurla tandis que les oscillations de l'étagère projetaient dans les airs les lourdes boîtes qui y étaient entassées.

— Piper !

Joey, le serveur, se jeta en avant et la poussa violemment hors de la trajectoire de l'étagère. Il pivota, releva l'étagère et la replaça lentement contre le mur.

— Ce truc n'est pas stable. Nous devrions mettre moins de choses sur ces étagères.

— Tu as sans doute raison, lui répondit Piper, espérant que le ton de sa voix ne montrerait pas à quel point elle avait eu peur.

Joey continuait de parler, mais Piper l'entendait à peine. Elle repassait dans sa tête le moment où le temps aurait dû s'arrêter.

Elle essaya de nouveau, se concentrant pour activer ses pouvoirs. Une fois de plus, rien ne se passa. Joey continuait de parler. Et, l'espace d'une seconde, Piper se sentit de nouveau figée sur place.

Que m'arrive-t-il ? Mon pouvoir a-t-il disparu ?

CHAPITRE 13

Le mardi matin, Prue téléphona chez Buckland pour dire qu'elle était malade. Devait-elle se sentir un peu coupable de mentir à son assistante ? Non, il ne s'agissait pas vraiment d'un mensonge ; la perte de ses pouvoirs pouvait mettre sa santé en danger. Les derniers événements l'obligeaient à rester à la maison. Il fallait absolument qu'elles aient une réunion de famille.

Prue apporta un plateau comportant trois tasses de café. Elle posa le plateau sur la table du salon. En attendant avec impatience ses sœurs, elle prit la tasse de café noir pour elle.

Phoebe sortit de la cuisine quelques secondes plus tard, emportant un bol de muesli et un donut au chocolat. Piper était juste derrière elle, apportant une salade de fruits, des cuillères, ainsi que trois bols.

Piper jeta un coup d'œil sur l'assiette de Phoebe :

— Tu trouves que le muesli et le donut vont bien ensemble ?

— Ça m'est égal.

Phoebe s'installa confortablement sur le canapé. Elle prit une tasse de café, et plissa le nez en la sentant.

— Beurk ! Comment peux-tu gâcher un aussi bon café avec du lait de soja ? demanda-t-elle en tendant la tasse à Piper.

— Dans la tienne, j'ai partagé moitié-moitié, assura

Prue à Phoebe. Bon, assez parlé du petit déjeuner. Il faut que je vous dise quelque chose.

— Hum… moi aussi, il y a un sujet que je voudrais bien aborder, avança Piper sur un ton sinistre.

Phoebe tressaillit.

— Pourquoi est-ce que j'ai le sentiment que la réunion du jour devrait s'appeler : « Gros ennuis » ? Avec un G majuscule, de préférence…

— Tu as raison, lui dit Prue. Il m'est arrivé quelque chose hier. Je traversais la rue sans faire attention, quand j'ai soudain vu un 4x4 qui se dirigeait droit sur moi. Plus j'essayais d'utiliser mes pouvoirs pour le faire reculer, plus il se rapprochait de moi. Il a failli m'écraser.

— O mon Dieu ! s'exclama Piper. Ça m'est arrivé aussi hier : mes pouvoirs n'ont pas marché. Au lieu de geler le temps, j'ai eu l'impression de me figer moi-même. J'ai failli me faire fracasser le crâne par une étagère remplie de grosses boîtes de conserve.

Phoebe était abasourdie :

— Je pensais que ça n'était arrivé qu'à moi ! Et c'était un truc monstrueux.

Prue se sentit chavirée :

— Laisse-moi deviner ! Tu as eu une vision et elle ne s'est pas réalisée ?

— Pas exactement, expliqua Phoebe. Hier soir, j'ai eu une vision. J'ai vu Kenji se faire attaquer dans le dojo.

— Qui est Kenji ? demanda Prue.

Piper et Phoebe se jetèrent un regard rapide.

— Un garçon. Un garçon que j'aime bien. Enfin, peu importe, continua Phoebe. Je suis retournée en courant au dojo : Kenji n'était pas en train de se faire attaquer. Il n'était même pas là. Mais, par contre, je me suis fait agresser par le type que j'avais vu dans ma vision.

— Qu'est-il arrivé ? s'enquit Prue, alarmée. Tu n'as rien ?

— Sensei Towers est venu à mon secours. Mais ça a failli vraiment mal tourner.

— Il est clair que des démons se profilent derrière tout ça, dit Piper en fermant les yeux.

— Au moins, l'un d'entre eux a un bras cassé, poursuivit Phoebe avec satisfaction.

— Attends… il existe un point commun, dit Prue. Non seulement nos pouvoirs ne marchent pas, mais ils semblent s'être inversés, et agir de manière exactement contraire à ce qu'ils sont supposés faire. Depuis trois jours, nous ne nous sommes pratiquement pas vues, et quelque chose ou quelqu'un s'est attaqué à chacune d'entre nous.

— En fait, comme si on nous avait jeté un sort, fit remarquer Phoebe, en picorant dans sa salade de fruits.

— C'est peut-être le soir où vous êtes passées au club. Rappelez-vous : j'ai vu quelqu'un derrière la vitrine, suggéra Piper.

Prue secoua la tête :

— Nous ne sommes toujours pas certaines qu'il y ait eu quelqu'un, fit-elle remarquer. En plus, c'était la semaine dernière. Et nos dysfonctionnements sont beaucoup plus récents. Je pense que l'on nous a jeté ce sort il y a deux jours.

— Je crois savoir comment tout cela a commencé. J'ai rencontré un démon, reconnut Piper.

Prue écoutait Piper leur faire le récit de l'épisode de

la maison sur Colwood Street, avec un mélange d'intérêt et d'indignation.

— Et quand est-ce arrivé ? demanda-t-elle sur un ton cinglant.

— Vendredi, répondit Piper.

— Et tu comptais nous en parler quand ? Piper, il faut absolument que nous nous serrions les coudes.

Piper croisa son regard.

— Je le sais. Je ne vous en ai pas parlé parce que je savais très bien que vous alliez encore me faire toute une scène à propos de mon rôle de mentor. Et Celeste a besoin de moi, sans doute encore plus que d'habitude.

— Et comment comptes-tu l'aider si tu ne peux même plus te servir de tes pouvoirs ? lui demanda doucement Prue.

— Je ne sais pas. (Piper se cala dans le fond du canapé.) Tout ce que je peux vous dire, c'est que Daria est plongée dans la magie noire. Et qu'elle menace Celeste. Je veux que Celeste s'installe chez nous un moment.

— Tu veux *quoi* ? éclata Prue. Piper, tu as perdu la tête ! Je n'arrive pas à croire que tu puisses avoir eu une aussi mauvaise idée.

— Prue a raison, renchérit Phoebe. On est en train de nous attaquer, nos pouvoirs ne fonctionnent pas normalement, et tu veux qu'une gamine innocente, que nous sommes incapables de protéger, vienne vivre avec nous ?

— Ecoute, je ne sais pas quoi faire d'autre, reconnut Piper.

Ce qui inquiétait le plus Prue, c'était la perte de leurs pouvoirs. Elle se leva et se mit à arpenter le salon.

— D'accord, dit-elle en essayant de se calmer.

Mettons pour l'instant de côté le cas de Celeste. Il faut tout d'abord que nous trouvions le moyen de contrôler la situation avant de nous faire manipuler.

— Bonne idée, approuva Phoebe.

— Trouvons qui nous attaque, et comment nous allons nous défendre, continua Prue. (Elle ne lâchait pas Piper des yeux.) Si Daria est compromise dans la magie noire, c'est peut-être elle qui est derrière tout ça.

— Aurait-elle pu nous lancer un sort ou planter quelque chose dans la maison le jour où elle est venue ici ? demanda Phoebe.

— C'est possible, fut obligée de reconnaître Piper. Mais qu'aurait-elle bien pu planter ?

Prue se rappela la conversation téléphonique qu'elle avait entendue chez *Full Moon*. Le fameux client qu'Adrienne avait refusé de renseigner sur la magie noire. Ce client voulait des clous en acier, et il avait aussi posé des questions à propos de poupées.

Piper gémit :

— Au centre, j'en ai vu une dans le tiroir de Daria. (Piper marqua une pause.) Mais nous n'avons rien trouvé de tout ça ici.

— Attends une minute ! (Phoebe se redressa, semblant tout excitée.) Hier, juste avant que j'aie cette fausse vision, j'ai trouvé quelque chose dans ma voiture. Un ruban rouge avec un nœud en son milieu. J'ai cru qu'il provenait de la rose que m'avait offerte Kenji, mais quand je suis rentrée à la maison, je me suis aperçue que ce n'était pas le cas.

Prue fut parcourue de frissons. Elle cessa d'arpenter la pièce.

— J'ai également trouvé un ruban rouge, avouat-elle. Juste avant d'avoir failli me faire écraser. Le mien était dans un sachet de chez *Full Moon*.

— Le mien se trouvait dans mon sac à main. (Piper soupira.) Je l'ai découvert quelques minutes avant que l'étagère ne s'écroule.

Prue rassemblait les informations dans sa tête. Ça ne correspondait pas. Daria n'avait pas pu glisser quelque chose dans le sac de chez *Full Moon* et elle ne connaissait pas la voiture de Phoebe. Il existait un autre responsable.

Piper passa la main dans ses longs cheveux bruns.

— Daria a peut-être quelque chose à voir avec tout ça, admit-elle. Mais cette maison transpirait la magie noire, et je ne peux m'empêcher de penser qu'une gamine révoltée de treize ans ne possède pas d'aussi puissants pouvoirs.

— Je suis d'accord, dit Prue. Il faut absolument que nous trouvions un point commun.

— Tu crois qu'il y en a un ? s'enquit Phoebe.

— Les rubans rouges démoniaques, reprit Prue. Vous avez toujours les vôtres ?

Piper haussa les épaules :

— J'ai immédiatement jeté le mien.

— Je l'ai cherché en remontant dans ma voiture, dit Phoebe. Il avait disparu.

— Je ne sais pas ce que j'ai fait du mien, dit Prue. Je pense que je l'ai perdu lorsque mon sauveteur m'a saisie à bras-le-corps. (Elle s'arrêta un instant.) Je crois que nous sommes bonnes pour une scéance de consultation du *Livre des Ombres*. Nous y trouverons peut-être quelque chose à propos de rubans rouges ou de l'inversion des pouvoirs.

Phoebe se porta volontaire pour aller le chercher. Elle monta dans le grenier.

Prue se tourna vers Piper. Son visage était livide. La générosité de Piper l'avait encore mise dans le pétrin. Prue devait se montrer plus cool avec elle.

— Ça va ? lui demanda-t-elle.

Piper se mordit les lèvres :

— Je suis désolée, dit-elle d'une voix tremblante. Phoebe et toi, vous avez raison. Ç'a a été une folie de ma part de croire que je pouvais jouer le rôle de mentor. Mais ce n'est pas parce que nous sommes dans les ennuis jusqu'au cou, que je dois abandonner Celeste.

— Je sais. (Prue s'assit sur le canapé à côté de Piper et la prit dans ses bras.) Je sais.

Le Livre des Ombres sous le bras, Phoebe descendit l'escalier à toute allure. Elle le posa sur la table, et se mit à le feuilleter en fronçant les sourcils.

— Je vois des sorts où il est question de boutons, de mèches de cheveux, de cristaux, de gants, de cire à cacheter… mais rien sur les rubans. (Elle dévisagea ses sœurs.) Vous ne croyez pas que, si ce livre comportait un index, ce serait plus pratique ?

— Ou plus simplement une table des matières, continua Piper sur un ton mélancolique. Même les titres des chapitres auraient été pratiques.

— Vous voulez que je cherche ? proposa Prue.

Ce n'était pas le genre de fille à entretenir des pensées fantasques, cependant pour une fois, elle concentra son attention sur le livre, qu'elle considéra non plus comme un simple objet, mais plutôt comme quelque chose de vivant – pas exactement une créature – qui posséderait son libre arbitre. Il arrivait parfois que le livre accepte de coopérer, et de s'ouvrir à la bonne page. En d'autres occasions, elles pouvaient passer des heures à décrypter un sortilège gribouillé à la main, pour finalement se rendre compte que ce n'était pas celui qu'elles recherchaient. Prue avait compris que le livre décidait de ce qu'il allait leur apprendre. Et chacune des sœurs Halliwell progressait ainsi dans des domaines différents.

— Vas-y, dit Phoebe en lui tendant le lourd ouvrage relié en cuir.

Prue s'assit avec le livre ouvert sur les genoux. Elle ferma les yeux et imagina le ruban. Il mesurait à peu près deux pouces de long sur un demi-pouce de large ; c'était un ruban en satin rouge vif. Le nœud du milieu avait été délibérément et habilement fait.

Elle ouvrit les yeux, demandant en silence au livre de les aider. Une légère brise se leva, et les pages du livre commencèrent à tourner. Le vent s'intensifia et les pages tournèrent de plus en plus vite.

Prue retint son souffle lorsque la brise retomba aussi vite qu'elle s'était levée. Le livre resta ouvert sur une page où figurait une haute silhouette vêtue d'une soutane, un athame noué autour de la taille.

— La Communauté du Nouveau Soleil, lut-elle à haute voix.

Phoebe eut un mouvement de surprise :

— Ça ne sonne vraiment pas comme de la magie noire. Serait-ce une bonne secte ?

Prue continua sa lecture.

— Non. Apparemment, l'expression de « Nouveau Soleil » fait référence à une source de pouvoir qu'ils invoquent. Ça ne dit pas de quelle source de pouvoir il s'agit, mais tels qu'ils sont présentés, ce sont plutôt des démons. (Prue vérifia la date inscrite sur la page.) En 1888, ils essayaient de détruire nos ancêtres. Je pense que depuis, les choses n'ont pas vraiment changé.

— Aucune allusion à un ruban rouge ? demanda Piper.

— Si, là, dit Prue en mettant le doigt sur une petite illustration en bas de page. Les rubans semblent être des talismans magiques. Ils sont utilisés à la fois pour que la secte envoie des billets, mais également pour activer les incantations qu'ils maîtrisent déjà.

— Envoyer des billets. (Piper ne put s'empêcher de relever ce qui n'était peut-être qu'un détail.) Eh bien, au moins ces gens-là ont du savoir-vivre.

Prue réfléchissait, en plissant les yeux :

— Les billets étaient encore à la mode au début du siècle. C'était une façon très victorienne de communiquer, une habitude qui n'existait que dans la haute société. Il s'agissait d'envoyer l'un de ses valets apporter une lettre missive à quelqu'un avant de lui rendre visite.

— Ça veut dire que nous allons recevoir de la visite ? demanda Phoebe.

— C'est tout à fait possible, confirma Prue. Il faut absolument que nous prononcions une incantation afin de nous protéger. Et vite !

— Ça peut ne servir à rien si nos pouvoirs sont désactivés. Et si l'incantation se retourne contre nous comme ça s'est passé hier ? demanda Piper d'une voix blanche.

— Il faut que nous essayions, décida Prue. (Elle feuilleta le livre pour y retrouver une incantation précise qu'elle avait déjà lue.) Ah, la voilà. Nous allons avoir besoin de sauge, de sel, d'un coquillage pour brûler la sauge, de la racine de phytolacca, de l'achillée, une bougie blanche, plus quelques ingrédients que j'ai achetés chez *Full Moon*. Je vais chercher tout ça.

— Attends, je m'occupe de la bougie, du coquillage, et bien sûr des allumettes, dit Phoebe.

— Donc il me reste à rassembler la sauge, le sel, l'achillée, et la racine de phytolacca, conclut Piper, qui était déjà en route pour la cuisine.

Cinq minutes plus tard, elles avaient réuni tous les ingrédients nécessaires pour l'incantation. Phoebe mit un peu de sauge séchée dans le coquillage, l'alluma, puis souffla sur la flamme pour que la sauge dégage de la fumée. Lorsque le parfum de la sauge commença à se diffuser dans la maison, Piper alluma la bougie blanche.

Prue tenait une pincée de sel entre ses doigts. Elle ferma les yeux pour se concentrer afin de purifier l'énergie de la maison.

Elle rouvrit les yeux ; elles étaient prêtes à commencer. Prue passa la main dans la fumée de sauge, puis prit la racine de phytolacca.

— « Pouvoir du ciel au-dessus de nous, pouvoir de la terre au-dessous... » Qui est-ce ? demanda-t-elle, perdant complètement le fil de l'incantation.

Un jeune homme élégant, planté devant la fenêtre du salon, scrutait la pièce.

Ses sœurs se retournèrent pour regarder.

— O mon Dieu ! murmura Phoebe. C'est Kenji !

Celui-ci fit un signe de la main, le visage empreint d'une expression sévère.

— C'est à moi qu'il fait signe ?

Phoebe pensait à haute voix.

— Je savais que nous aurions dû faire cette incantation dans le grenier, murmura Piper. Trop tard.

— C'est foutu, enchaîna Prue. Phoebe, va lui parler et raconte-lui n'importe quoi… Tiens, par exemple, que nous sommes en train de répéter une pièce.

— D'accord ! dit Phoebe en se précipitant vers la porte.

Prue échangea un regard avec Piper.

— Ça va mal !

— Tu veux dire que ça ne va pas du tout.

C'est alors que le téléphone sonna.

— Laisse le répondeur, dit Prue. Lorsque Phoebe reviendra, nous essaierons à nouveau l'incantation dans le grenier.

Piper rassembla les ingrédients. Elle s'arrêta net lorsqu'elle reconnut la voix paniquée sur le répondeur.

— Piper, c'est moi. Daria a complètement pété les plombs. La nuit dernière, alors que je dormais dans le réfectoire, elle a tailladé mes draps. Ils sont en lambeaux. S'il te plaît ! Aide-moi !

CHAPITRE 14

Piper s'élanca vers le téléphone

— Allô ? Allô ?

Elle poussa un grognement de frustration, puis raccrocha.

— Trop tard, murmura-t-elle en se retournant vers Prue.

— Tu veux aller la chercher maintenant ?

— Je n'ai pas le choix.

— Je sais que tu veux protéger Celeste, lui dit gentiment Prue. Mais je pense que pour l'instant, la priorité est d'éloigner la menace.

— Qu'est-ce que tu veux dire ?

— Eh bien, il y a certainement des gens au *Sunrise Center* qui peuvent surveiller Daria.

— Tu rêves. Hier, j'ai appelé M. Morgan, le directeur. Je lui ai expliqué ce qu'il arrivait à Daria. Il m'a répondu qu'il allait la surveiller, et visiblement il n'a rien fait. Celeste n'a aucune raison de passer ses nuits sur les bancs du réfectoire.

— Bien évidemment.

Prue se prit la tête entre les mains. Piper voyait bien qu'elle ne savait plus quoi penser de la situation. Elle ne voulait pas que Celeste soit en danger, mais elle ne voulait pas non plus qu'elle vienne s'installer à la maison.

— Et si nous louions une chambre d'hôtel pour Celeste pendant quelques jours ? finit-elle par proposer.

— En ville ? lui demanda Piper. Tu as des économies cachées ?

— On peut trouver un hôtel pas cher, répondit Prue.

— Non, Prue ! Non ! C'est hors de question ! se récria Piper.

Les yeux de Prue s'agrandirent devant la détermination de Piper. *Bon,* pensa cette dernière, *Prue va finir par réaliser à quel point c'est important pour moi.*

— Celeste est seule, elle a peur. (Piper avait du mal à contenir sa colère.) La dernière chose que je ferai, c'est bien de la mettre dans un endroit où elle sera encore plus seule, et où elle aura encore plus peur. De plus, si elle reste au centre, et si Daria lui fait du mal, je ne pourrai plus jamais me regarder dans une glace ! (Piper s'arrêta pour reprendre son souffle.) Je n'ai pas d'autre choix. Il faut que je la sorte de là, que je la mette en sécurité. Or, le seul endroit que je connaisse, c'est ici.

Prue essaya d'activer un dernier signal d'alarme.

— Tu réalises quand même que notre maison peut être aussi dangereuse pour Celeste. Si ce n'est pire. Tout du moins, tant que nous n'en aurons pas fini avec ces démons.

— Je sais. Mais ici, au moins, nous pouvons essayer de la protéger.

— On peut essayer, lui rétorqua Prue sans aucun enthousiasme.

— J'y vais. Je reviens avec Celeste le plus vite possible, dit Piper, dans une brève étreinte.

— N'attendons plus, murmura Prue.

Phoebe était lamentablement écroulée sur le canapé.

— Comment s'est passé ton tête-à-tête avec Kenji ? Prue se doutait de la réponse.

— Il n'a pas eu lieu. A l'instant précis où je mettais le pied sur le trottoir, il avait filé. Je l'ai appelé, mais il n'a pas répondu. Je n'allais pas lui courir après. Je suis pourtant persuadée qu'il m'a entendue. Pourquoi ne s'est-il pas arrêté ?

Prue comprenait instinctivement pourquoi Kenji s'était enfui.

— Phoebe. (Prue essayait de bousculer gentiment sa sœur.) Pourquoi nous observait-il par la fenêtre ?

— Ne t'en fais pas, ce n'est pas un voyeur. (Phoebe était sur la défensive.) Si je sortais avec un pervers, je m'en serais quand même rendu compte.

— Et s'il faisait partie de la secte ?

Phoebe ferma les yeux. Prue vit le visage de sa sœur changer de couleur.

— Je suis incapable de croire que Kenji puisse me faire du mal.

— Quand tu t'es fait agresser au dojo, tu es bien certaine que celui qui a voulu te tuer n'était pas Kenji ?

— J'en suis persuadée. Sensei a cassé le bras du type. Je viens de voir Kenji ; ses deux bras se portent bien.

— Alors, explique-moi pourquoi il nous observait par la fenêtre du salon, et pourquoi il s'est enfui ?

— Je n'en sais rien. (La détresse de Phoebe paraissait empirer.) Certainement parce que je l'ai repoussé. (Elle donna un coup de poing dans un coussin.) Prue, j'étais sûre que cette fois allait être la bonne. J'avais même décidé d'y aller doucement pour ne pas gâcher notre histoire.

Prue retint un sourire. Pour que Phoebe décide d'y aller doucement, c'est que sa rencontre avec Kenji avait dû se révéler spéciale. Elle posa une main sur l'épaule de sa sœur.

— Ne t'en fais pas, Phoeb. Tu t'en remettras.

Prue se remit à arpenter le salon.

— Il faut que nous fassions quelque chose. Nous devons absolument nous défendre contre la secte du Nouveau Soleil.

Phoebe l'approuva.

— Montons dans le grenier et recommençons l'incantation pour nous protéger. Où est Piper ?

— Elle est partie aider Celeste à faire ses valises. Elle va s'installer ici.

— Quoi ? hurla Phoebe.

— J'en ai parlé avec elle, lui expliqua-t-elle. Je pense que nous n'avons pas d'autre solution.

Prue jeta un regard au coussin de velours vert posé sur le canapé et concentra un peu de son pouvoir sur lui, juste assez pour le déplacer à l'autre bout.

Le coussin s'éleva vers elle, et la frappa en plein estomac.

Phoebe tressaillit.

— Je suppose que ce n'est pas le résultat escompté ?

— Non. (Prue réussit à refouler le sentiment de terreur qui l'envahissait.) Je pense que nous ferions mieux d'annuler cette incantation de protection. Elle risquerait de déclencher une attaque.

— Alors, qu'est-ce qu'on fait ? A qui faire appel si toutes nos incantations se retournent contre nous ?

— Et si nous faisions appel à une autre sorcière adepte de la magie blanche ? proposa Prue.

— Tu en connais une autre ? rétorqua Phoebe, choquée.

Prue le lui confirma d'un signe de tête.

— Adrienne, de la boutique de Wicca. Elle possède des pouvoirs innés, tout comme nous, et...

— Prue...

— Ecoute, je sais que parler de nous est risqué, mais actuellement nous sommes carrément en danger. De plus, Adrienne est totalement opposée à toute forme de magie noire. Tout comme nous, elle fait son possible pour la combattre. Et je lui fais confiance.

Phoebe haussa les épaules.

— Appelle-la.

Prue attrapa le combiné et composa le numéro de *Full Moon*. Aussitôt qu'elle entendit les salutations d'Adrienne, elle se sentit mieux.

— Soyez bénie.

— Adrienne, c'est Prue. Mes sœurs et mois avons des ennuis. Nous avons absolument besoin de tes connaissances en sorcellerie et de tes conseils.

— De quoi s'agit-il ?

— Je ne peux pas te l'expliquer au téléphone. Il faut que je te montre. Est-ce que je peux venir tout de suite avec Phoebe ?

Adrienne hésita un instant.

— Oui, venez. Je peux peut-être vous aider. Mais dépêchez-vous.

— On part tout de suite.

Prue et Phoebe se précipitèrent dans la ruelle qui menait chez *Full Moon*. Elles n'avaient pas mis longtemps pour arriver à la 24e Rue, mais elles avaient perdu de précieuses minutes à trouver une place pour se garer.

— C'est ici, dit Prue à Phoebe.

Elles descendirent les trois marches qui menaient à la boutique et ouvrirent la porte.

— Hum… Prue ? Il fait drôlement noir là-dedans, remarqua Phoebe, visiblement méfiante.

Prue scruta la boutique. Phoebe avait raison, il y faisait anormalement sombre, et Adrienne ne semblait pas être là.

— Le courant a peut-être sauté, suggéra Prue.

Elle se sentait mal à l'aise. Tout semblait normal, mais la boutique dégageait de mauvaises vibrations. L'atmosphère n'était pas celle qu'elle connaissait ; elle était dense et menaçante.

— Adrienne ? Tu es là ?

Adrienne ne répondit pas, mais Prue entendit un bruit étouffé derrière la porte située au fond de la boutique. Le sang de Prue ne fit qu'un tour. Elle échangea avec sa sœur des regards nerveux.

— Elle donne où, cette porte ? demanda Phoebe à voix basse.

— Je ne sais pas, répondit Prue tout aussi doucement.

— Nous devrions aller voir, dit Phoebe.

Les deux sœurs se glissèrent au fond du magasin. Phoebe attrapa un athame sur l'une des étagères.

— Qu'est-ce que tu veux en faire ? murmura Prue.

— On ne sait jamais.

Sa sœur avait peut-être raison. Elle aussi en attrapa un, sans vraiment être plus rassurée. Les poignards n'étaient pas leur genre.

Derrière la porte, les bruits se multipliaient. Ça ressemblait à une bagarre. Prue crut que son sang allait se glacer. Si Adrienne avait des ennuis, comment pouvaient-elles l'aider puisqu'elles avaient perdu leurs pouvoirs ?

Phoebe entrouvrit la porte.

En jetant un coup d'œil à l'intérieur, Prue suffoqua. Adrienne était allongée sur le dos, et se débattait. Ses bras étaient enchaînés à un poteau, ses chevilles liées. Prue se sentit gagnée par la panique, lorsqu'elle se rendit compte qu'Adrienne n'était pas attachée par des cordes, mais par des rayons de lumière verte.

— Adrienne ! hurla Prue.

— Ah… les *Charmed*, grogna une voix.

Deux silhouettes revêtues d'une soutane sortirent de l'ombre. Des cagoules dissimulaient leurs visages, mais Prue reconnut les pentagrammes inversés autour de leur cou, et les athames autour de leur taille. Elle les avait déjà vus dans *Le Livre des Ombres*. Il n'y avait aucun doute, elles se trouvaient face à deux membres de la Communauté du Nouveau Soleil.

La silhouette la plus proche de Prue se mit à parler :

— Nous espérions que vous viendriez. Mais il manque quelqu'un. Où est la troisième sœur ?

— Ne leur dis rien ! hurla Adrienne.

— Tu n'as toujours pas compris ?

Le plus petit des démons ratissa l'air avec l'un de ses bras au-dessus de la poitrine d'Adrienne. Adrienne cria alors que des filets de sang traversaient la robe jaune pâle qu'elle portait, comme s'il l'avait griffée.

Prue sortit de sa torpeur. En temps normal, elle aurait balancé les deux démons dans la baie. Mais aujourd'hui, ce n'était plus possible. Elle ne pouvait pas compter sur son pouvoir. Fuir n'était pas non plus une solution, car elle ne voulait pas abandonner Adrienne. Il fallait que les deux sœurs improvisent. Et vite.

Prue fit un pas en avant ; elle espérait s'en sortir par un coup de bluff.

— Vous espériez que nous viendrions ? dit-elle avec audace. Nous en sommes très flattées, et nous aimerions vraiment passer un moment avec vous, mais d'abord libérez-la.

— J'ai peur que ce ne soit pas possible, répondit le plus grand des deux. Elle nous a trahis. Elle doit payer.

Trahis ? se dit Prue. *Que voulait dire le démon ?*

Il dessina un nœud dans les airs, et un rayon de lumière verte en forme de corde apparut pour s'enrouler autour du cou d'Adrienne. Prue vit le visage de son amie se déformer sous l'effet de la terreur.

Le démon rapprocha ses poings comme autour d'une corde imaginaire et fit un mouvement sec. Sous lui, la corde de lumière verte entourant le cou d'Adrienne se resserra.

Adrienne émit un son horrible, son visage vira au violet.

— Arrêtez immédiatement ! hurla Phoebe.

Prue tendit le bras, et attrapa une boîte de billes de cristal posée sur une étagère près d'elle. Elle les lança sur les démons. Phoebe prit le relais, en leur envoyant deux chaudrons en bronze.

Prue se baissa rapidement et se pencha sur Adrienne. Elle essaya de couper les cordes de lumière verte à l'aide de l'athame qu'elle avait pris dans la boutique. Mais le couteau de cérémonie passa simplement au travers de la lumière, la lame lançant des éclairs verts.

Tout d'un coup, Prue se souvint d'une incantation visant à délier les liens. Elle ouvrit la bouche pour la prononcer, puis s'arrêta en se rappelant de ce qui était arrivé la dernière fois qu'elle avait utilisé ses pouvoirs.

Il fallait qu'elle essaie autre chose, et surtout prier pour que ça marche.

« Cordes qui ligotent, serrez plus fort, ne me confondez pas, obéissez à ma volonté », murmura-t-elle au-dessus d'Adrienne.

Comme elle l'avait espéré, les cordes de lumière verte disparurent. L'incantation s'était retournée, exactement comme elle l'avait voulu.

— Peux-tu t'enfuir ? On s'occupe d'eux.

Elle jeta un coup d'œil vers Phoebe qui tenait les deux démons éloignés à l'aide d'un pied-de-biche.

Adrienne avala une grande goulée d'air, puis fit signe à Prue pour qu'elle l'aide à se relever.

— Cours ! lui ordonna Prue.

Adrienne se dirigea vers la porte en vacillant. Prue se retourna alors pour faire face à leurs agresseurs. Le plus grand des démons était à terre, Phoebe avait dû le toucher. En revanche, Phoebe et le petit démon se battaient pour s'emparer du pied-de-biche. Et celle-ci se trouvait sur le point de perdre la partie.

Prue se dit que la seule solution était de prononcer à nouveau une incantation inversée.

— « Sépare ces deux qui… »

Le grand démon se releva et se jeta sur Phoebe la dague à la main.

— Non ! hurla Prue, lui envoyant une vibration magique pour l'éloigner de sa sœur. Elle se rendit compte immédiatement de son impardonnable erreur. Son don de télékinésie s'était inversé ! Elle avait envoyé le démon sur Phoebe avec une telle force qu'ils roulèrent tous les deux au sol, le démon ayant tout de suite pris le dessus.

Un bras solide enserra la gorge de Prue.

— Non seulement tu es belle, mais en plus tu es serviable, fredonna le petit démon.

Il tenait la pointe de la dague contre sa gorge. Tout en essayant de ravaler ses larmes, Prue tourna la tête pour ne pas sentir son souffle fétide. En plus du fait qu'elle n'avait pas secouru sa sœur, elles allaient se faire capturer toutes les deux.

CHAPITRE 15

— Où étais-tu ? demanda Celeste avec impatience lorsque Piper entra enfin dans sa chambre. Je commençais à me dire que tu avais changé d'avis.

Piper secoua la tête.

— Pas du tout. Mais j'ai attendu M. Morgan pendant une demi-heure pour mettre les choses au point. Comme il n'était pas là, je lui ai laissé un mot.

Un sourire éclaira le visage de Celeste.

— Ça veut dire que je peux aller chez toi maintenant ?

— Il faudra certainement que nous revenions ici, pour parler avec M. Morgan, et…

— Evaluer, la coupa Celeste. M. Morgan est le champion de l'évaluation.

— Oui, tu peux venir à la maison avec moi, lui dit Piper en souriant.

Une lueur d'inquiétude passa dans le regard de Celeste.

— Et tes sœurs… elles sont d'accord ?

— Prue est au courant ; elle comprend très bien. Je n'ai pas encore eu l'occasion d'en parler avec Phoebe, mais c'est une crème. Ça ne posera pas de problème.

— Merci, Piper.

— Je t'en prie. Alors, tes affaires sont prêtes ? On y va ?

— Non, répondit Celeste en baissant les yeux.

— Pourquoi ?

— Je pensais que, si je faisais mon sac... ça ne se réaliserait pas.

— Tu avais peur que je te déçoive ? traduit Piper.

Elle réalisa qu'il allait falloir qu'elle fasse très attention. Sous son apparente décontraction, Celeste était une gamine très vulnérable.

Piper toucha le bras de Celeste, sans vraiment savoir si ce geste représentait une marque d'affection suffisante, ou s'il était de trop.

— Hé, tout va bien. Tu ne me connais pas depuis très longtemps, tu as donc tout à fait raison de te méfier. Mais je suis là à présent, et tu vas venir vivre chez moi. Alors, prépare-toi. Ça marche ?

— Ça marche !

Celeste ouvrit son armoire et en sortit une valise miteuse ainsi que sa veste.

— Je peux t'aider ? lui demanda Piper, en ouvrant un des tiroirs de la commode.

Elle ne voulait pas s'absenter de la maison trop longtemps. Elle sortit un T-shirt et... stupéfaite, s'immobilisa.

— Celeste. (Elle essayait de garder son calme.) Tu sais ce que c'est que ça ?

— Quoi ?

Piper se rendit compte qu'elle ne voulait même pas toucher la petite pile de rubans rouges. Chaque ruban était noué en son milieu, exactement comme ceux que ses sœurs et elle avaient reçus.

Celeste regarda dans le tiroir.

— D'où ça sort ?

— Tu ne le sais pas ?

Celeste secoua la tête.

— Je ne les avais jamais vus. Ça doit être à Daria.

Piper se laissa tomber sur la couchette du bas. Ses doutes se confirmaient. Daria s'était définitivement laissé embarquer dans la secte du Nouveau Soleil. Ces rubans en constituaient la preuve.

Piper repensa au jour où elle avait surpris Daria dans l'escalier du grenier. Après tout, la gamine y était peut-être entrée, et avait pu inverser leurs pouvoirs en se servant du *Livre des Ombres*…

Piper se prit la tête entre les mains. Comment avait-elle pu inviter un démon à la maison ? Si quoi que ce soit arrivait à ses sœurs, ce serait entièrement sa faute.

— Piper, ça va ?

Celeste, debout devant elle, l'observait, l'air inquiète.

— Tout va bien. (Piper se leva.) Mais il faut que je rentre à la maison et que je parle à mes sœurs.

— De moi ?

— Non, de Daria. Tu es bientôt prête ?

— Ça y est.

— Allez, partons d'ici.

La circulation n'était pas trop dense pour se rendre à *Halliwell Manor*. Mais Piper ne pouvait s'empêcher de maudire tous les feux rouges et tous les stops qui se trouvaient sur sa route. Est-ce que le ministère des Transports avait décidé d'entreprendre des travaux dans chaque rue ?

— Piper ? (La voix de Celeste la ramena à la réalité.) Pourquoi faut-il que tu parles de Daria avec tes sœurs ? Tu veux qu'elle vienne aussi habiter chez toi ?

Déconcertée par la question, Piper faillit rater un virage.

— Non ! (Elle reprit son souffle.) Celeste, tu sais

qu'il se passe des choses étranges avec Daria. Eh bien, tu vois, ces rubans rouges que j'ai trouvés dans le tiroir… en fait, ils sont utilisés dans la magie noire.

— Comment le sais-tu ?

— Au lycée, j'avais une copine de chambre qui s'y intéressait, mentit Piper. C'est une des raisons pour lesquelles je m'inquiète pour Daria. J'ai déjà vu ce qui pouvait arriver à une bonne copine qui se laisse embarquer dans ce genre d'histoires.

— Qu'est-ce qui lui est arrivé ? Elle s'est changée en diable ? plaisanta Celeste en prenant un air niais.

Piper décida d'éluder la question. C'était idiot de sa part de s'enfoncer dans le mensonge, alors qu'il existait des vérités que la gamine avait le droit de savoir.

— Hier, Phoebe, Prue et moi avons trouvé des rubans comme ceux-ci. Le mien était dans mon sac. Quelqu'un l'y avait mis.

— Bien… c'est bizarre et tout ce que tu veux, admit Celeste. Mais comment se fait-il que ça te trouble tant ?

Piper devait à présent faire très attention aux mots qu'elle allait employer.

— D'après ce que je sais de la magie noire, ces rubans sont un peu comme des billets. Une sorte de message pour te dire que quelqu'un t'en veut.

— C'est ridicule. Pourquoi Daria vous en voudrait-elle ?

— Je n'en suis pas sûre. Et en fait, je ne suis pas certaine que Daria soit la seule à nous en vouloir. (Elle prit le temps de réfléchir.) Celeste, je veux que tu réalises que tu ne seras peut-être pas plus en sécurité chez nous qu'au centre.

Silencieuse, Celeste regardait à travers le pare-brise.

— Celeste ? Tu m'as entendue ?

Piper s'arrêta à un nouveau feu rouge, et la gamine tourna la tête vers elle.

— Je t'ai entendue. Et je ne vais pas te mentir ; Daria me fout la trouille. Je préfère être chez toi que de partager une chambre avec elle au centre.

— D'accord, conclut Piper.

Ça ne faisait pas beaucoup avancer les choses, mais au moins Celeste savait qu'il faudrait quand même qu'elle reste sur ses gardes, et que *Halliwell Manor* n'était pas le havre de paix auquel elle aspirait tant.

Piper arriva enfin, et se gara devant la maison. Elle prit la valise de Celeste, monta les marches du perron, puis ouvrit la porte.

— Y a quelqu'un ?

Elle alla dans le salon. Le soleil de l'après-midi se réfléchissait sur le parquet verni.

— Prue ? Phoebe ?

Celeste la suivit à l'intérieur. Elle semblait intimidée.

— J'avais oublié que c'était aussi grand.

— Tiens, tiens, murmura Piper.

Elle ne savait pas pourquoi, mais le fait que Phoebe et Prue aient quitté la maison ne lui semblait pas de bon augure. C'était trop calme. Mais il ne fallait pas qu'elle s'affole. Ce n'était quand même pas la première fois qu'elle pénétrait dans une maison vide.

— Où je mets mes affaires ? demanda Celeste.

— Au deuxième étage. Suis-moi, je vais te montrer.

Piper la précéda dans l'escalier.

Pour se calmer, Piper se dit qu'elle n'aurait qu'à appeler chez *Buckland* pour savoir si Prue y était. Ensuite, elle passerait un coup de fil au dojo et demanderait s'ils avaient vu Phoebe. Il fallait qu'elle agisse rationnellement.

Piper ouvrit la porte de la chambre d'amis. Les lits jumeaux étaient toujours recouverts des dessus de lit en chenille de Grams. Une photo de leur mère enfant était accrochée au-dessus de la commode. Un vase avec des fleurs en papier défraîchies était posé sur la bibliothèque en chêne, un vieux fauteuil rembourré trônait dans un coin, près de la fenêtre…

— C'est chouette, dit Celeste.

— Ce n'est pas le *Hilton*, mais c'est confortable. Tu peux mettre tes affaires dans l'armoire ou dans la commode. Emprunte les livres qui t'intéressent, tu peux vider le réfrigérateur, regarder la télé, tout ce que tu veux. Fais comme chez toi.

Celeste posa sa valise sur le lit.

— Merci.

Piper se rendit compte tout d'un coup qu'elle n'était pas une bonne hôtesse.

— Tu as peut-être faim ? Tu veux que je te prépare un sandwich ou…

— Tout va bien. (A présent, Celeste souriait.) Vraiment, Piper.

— D'accord. Alors, je vais redescendre, j'ai quelques coups de fil à passer. Appelle-moi si tu as besoin de quoi que ce soit.

— Promis !

Piper descendit l'escalier. Elle se sentait mieux depuis qu'elle avait parlé avec ses sœurs.

Elle entendit un bruit qui ne lui était pas familier ; elle s'arrêta sur le palier. C'était sans doute Celeste qui marchait dans sa chambre.

Mais non. Le bruit ne venait pas du deuxième étage, il provenait de plus haut… Du grenier.

La peur au ventre, Piper remonta l'escalier. Elle essayait de ne pas faire de bruit. Ça ne pouvait quand même pas être Celeste. Non, lorsqu'elle arriva au deuxième, elle l'entendit chantonner dans sa chambre.

Piper fit demi-tour, redescendit au rez de chaussée, prit le tisonnier dans la cheminée, puis remonta l'escalier. Elle entendait de nouveau des bruits. Pourvu que ce ne soit qu'un rat !

Elle s'arrêta un instant pour recouvrer son calme. Ce qu'elle avait peut-être de mieux à faire, c'était de partir en courant de la maison avec Celeste.

Mais ce n'était pas possible. *Le Livre des Ombres* se trouvait dans le grenier. Elle ne pouvait pas se permettre de le laisser entre les mains de n'importe qui.

Ses mains serrant bien fort le tisonnier, Piper monta jusqu'au troisième. La porte du grenier était fermée. Ce n'était peut-être pas bon signe.

Prenant son courage à deux mains, elle tourna la poignée et ouvrit la porte. Son cœur faillit s'arrêter lorsqu'elle vit trois silhouettes vêtues de longues soutanes et de cagoules, debout devant le pupitre sur lequel était posé, fermé, *Le Livre des Ombres*.

Piper s'avança dans le grenier, en tenant le tisonnier comme une batte de baseball. Elle voulait crier pour prévenir Celeste, mais ça aurait pu donner une idée aux démons qui ne savaient pas qu'il existait quelqu'un d'autre susceptible d'être torturé à l'étage en dessous.

Un des démons se retourna. Piper suffoquait.

— Vous possédez un livre fascinant. (Le démon fit un signe de tête en direction du *Livre des Ombres*.) Vous pourriez peut-être nous le montrer ?

Piper sentit un sourire suffisant se dessiner sur son visage, et comprit ce qu'il venait de se passer. Les démons avaient essayé d'ouvrir *Le Livre des Ombres*, mais l'ouvrage se protégeait lui-même, et il s'y était refusé.

— Sortez de là, leur ordonna Piper en essayant de masquer sa peur.

— Vous êtes toujours aussi peu aimable avec vos invités ? demanda l'un des démons.

Tous les trois se rapprochèrent de Piper. Elle tenta de les frapper avec le tisonnier, ce qui ne les empêcha pas d'avancer.

— Ne vous inquiétez pas, nous allons l'emporter avec nous, annonça l'un des démons aux autres.

— Je ne crois pas, menaça Piper, qui pointa de nouveau le tisonnier vers eux.

Les silhouettes cagoulées se ruèrent sur elle.

— Noonn ! cria Piper.

Sans réfléchir, elle tendit les mains pour geler le temps, et se retrouva totalement figée. Les trois démons l'entourèrent, puis posèrent simplement les mains sur elle.

Piper les entendit rire, et sentit qu'ils déposaient son corps raide sur leurs épaules. Puis tout devint noir.

CHAPITRE 16

Piper éprouvait de la difficulté à ouvrir les yeux. L'endroit était si sombre qu'elle ne voyait rien. Elle se sentait groggy ; son corps lui paraissait lourd, comme engourdi. Elle réussit à plier les doigts. Elle n'était plus figée. Quand elle essaya de lever les bras, elle se rendit compte qu'ils étaient attachés derrière son dos.

Piper s'efforça de ne pas paniquer. Où était-elle ? Quand les trois démons l'avaient-ils enlevée ? Où était Celeste ? L'avaient-ils également enlevée ? Piper pria pour que la gamine ait pu s'échapper. Elle s'en voulait de l'avoir entraînée dans une histoire pareille.

Quant à Prue et Phoebe… Piper espérait qu'elles étaient à sa recherche.

Piper scruta les ténèbres. Elle ne pouvait déterminer si elle était dans un immeuble ou dans une cave. Tout ce qu'elle savait, c'était que l'atmosphère était froide et humide. Piper frissonna. Elle fut prise de nausées et se sentit faiblir.

Elle comprit alors immédiatement où elle se trouvait : dans la maison abandonnée sur Colwood Street. Terrorisée, elle n'arrivait presque plus à respirer. Elle aurait tellement voulu ne jamais revenir dans cet endroit ; quelque chose lui disait qu'elle n'aurait pas la chance de s'échapper de là deux fois de suite.

Piper entendit un craquement sourd. Deux torches

s'embrasèrent à côté d'elle ; aveuglée par la lumière, elle cligna des yeux.

Les torches illuminèrent les deux extrémités d'un autel recouvert d'un drap noir. Une imposante urne en bronze, dont s'échappait une fumée douce et écœurante, était posée au milieu de l'autel.

Piper tourna la tête vers sa droite. Une armée de démons, tous vêtus des mêmes soutanes noires à cagoule l'entouraient. Ils portaient des athames à la ceinture et des pentagrammes inversés autour du cou. Un immense cristal blanc pendait au milieu de la pièce. La peur la paralysait. Elle n'avait plus aucun doute : elle se trouvait au cœur de la secte du Nouveau Soleil.

Un démon de grande taille l'amena derrière l'autel. Il frappa dans ses mains et des bougies incrustées dans les murs s'allumèrent, éclairant la pièce, telle une caverne.

Elle jeta un regard sur sa gauche et poussa un cri de consternation. Ses sœurs étaient à côté d'elle, les mains nouées derrière le dos comme par magie, à l'aide de faisceaux de lumière rouge.

— Piper, suffoqua Prue.

— Non, je n'arrive pas à croire qu'ils nous aient enlevées toutes les trois, marmonna Phoebe.

La colère l'emporta sur le sentiment de terreur qui l'envahissait quelques instants auparavant. Elle se tourna vers le chef de la secte.

— Qui êtes-vous ? Pourquoi nous traitez-vous de cette façon ?

— Tu dois m'appeler Maître, lui rétorqua le chef.

— Maître de quoi ? (Piper cracha.) T'as l'air de quoi dans ton costume d'Halloween ?

Un des démons s'approcha de Piper et la frappa au visage, ce qui la rendit folle furieuse.

— Ça t'apprendra à être plus reconnaissante. Après tout, je vous ai réunies, mes trois précieuses petites sœurs, grogna le Maître.

— Où est Celeste ? demanda Piper.

— Chaque chose en son temps. J'apporterai une réponse à chacune de vos questions le moment venu.

Piper réalisa qu'elle connaissait cette voix, mais n'arrivait pas à la situer. Qui était-ce ?

— Commençons, ordonna le Maître à ses fidèles.

Plusieurs démons se déplacèrent dans la pièce pour allumer de l'encens. Une mélopée lente et lugubre commença à emplir la pièce. Une femme fut amenée. Qui était-ce ? Piper reconnut sa longue chevelure blonde. C'était Adrienne, la femme qui tenait la boutique de Wicca.

— Déposez-la par terre.

Adrienne se retrouva de nouveau étendue sur le sol. Cette fois-ci, elle fut attachée par des cordes de lumière rouge. Elle ne se débattait pas ; pourtant, elle semblait consciente.

Les démons continuaient leur psalmodie en chantant de manière plus puissante.

— Qu'est-ce qu'ils font, murmura Phoebe à Prue.

— Je ne sais pas.

Le chant s'amplifiait. Piper sentait que l'énergie qui remplissait la pièce devenait de plus en plus sombre, de plus en plus forte. Adrienne commença à se tordre et à gémir. Ses pleurs se transformèrent en hurlements lorsque son corps fut pris de convulsions. Une puanteur écœurante de chair et de cheveux brûlés emplit la pièce : sa peau se boursoufla avant de fondre et de se détacher de ses os.

Piper détourna la tête devant l'horreur de la scène. Elle regarda Phoebe qui avait fermé les yeux. Prue arborait une expression dure, mais les larmes coulaient le long de ses joues.

Piper plaignait profondément sa sœur : Prue avait toujours considéré Adrienne comme une amie.

Piper se força à jeter un dernier regard à Adrienne. Ses cheveux avaient brûlé. Sa peau continuait à bouillonner et à se détacher. Il n'existait plus aucune trace de la belle femme qu'elle avait été.

Le Maître se tourna pour leur faire face.

— Chères *Charmed*, considérez cela comme une initiation. Vous venez d'être les témoins du prix qu'il faut payer lorsque l'on s'oppose à la Communauté du Nouveau Soleil.

Phoebe le regarda droit dans les yeux.

— Vous allez nous faire la même chose ?

Le démon se contenta de ricaner.

— Répondez !

— Vous êtes dans une position délicate pour poser des questions. Nous nous occuperons de vous suffisamment tôt, répondit le Maître en se moquant d'elles.

Piper ne pouvait détacher ses yeux de ses sœurs. Les yeux bleu acier de Prue jetaient des éclairs de colère. Quant à Phoebe, elle aurait bien réduit un démon en cendres. Ses sœurs semblaient aussi déterminées qu'elle à détruire cette secte. Mais comment faire ? Même si elle avait une chance de sortir d'ici vivante, il faudrait qu'elle se serve du Pouvoir des Trois, pouvoir qui, inversé par la sorcellerie de la secte, risquait de donner des résultats encore plus catastrophiques.

— Vous, les Halliwell, qui êtes si pleines d'entrain ? (Le Maître descendit de sa place derrière l'autel.) C'est presque dommage de vous détruire. Mais, voyez-vous, nous sommes obligés de vous tuer, car vous avez voulu vous mesurer à nous. Vous avez choisi d'utiliser votre pouvoir pour faire le bien. (Il se plaça à côté d'un autre démon, celui qui se trouvait le plus près de Piper.) Ce qui est amusant, c'est que nous avons utilisé votre penchant pour le bien pour vous piéger, vous piéger toutes les trois.

D'un geste de la main, il arracha la cagoule du démon qui se tenait à ses côtés, révélant ainsi son visage.

Piper en eut le souffle coupé. Elle n'arrivait pas à en croire ses yeux. Ces cheveux… ces cheveux roux avec une coupe courte. Le jeune démon devant elle… c'était Celeste !

Piper la dévisagea, tout en essayant de comprendre pourquoi cette gamine dont elle s'était occupée – qu'elle avait essayé de protéger – avait décidé de les détruire depuis le début.

Piper se tourna vers ses sœurs :

— Je ne sais pas comment m'excuser…

— Piper, je… commença Celeste.

— Je veux juste savoir une chose, l'interrompit Piper. Dans tout ce que tu m'as raconté, y avait-il quelque chose de vrai ? Ou est-ce que tu m'as menti sur tout ?

Elle s'en voulait d'employer des arguments blessants, mais avait besoin de comprendre. Si les trois sœurs devaient mourir cette nuit, elle voulait exactement savoir pour quelle cause elles allaient mourir.

Celeste fronça les sourcils.

— Une bonne partie était vraie. Je suis effectivement orpheline, et j'ai effectivement vécu dans des milliers de familles d'accueil. Et j'ai été aussi arrêtée par la police.

— Et Daria ? Où est-elle ? C'est elle qui t'a traînée dans cette secte ?

Un sourire désabusé apparut sur le visage de Celeste.

— T'as toujours pas compris ? Le seul problème de Daria, c'est que j'étais sa camarade de chambre. Dès que je l'ai vue, j'ai compris que je pourrais m'en servir. Avec son passé très lourd, je savais que ce ne serait pas facile. Lorsqu'elle est partie en courant de chez toi, j'ai trouvé l'occasion idéale pour te mettre sur une fausse piste. Je t'ai raconté toutes ces histoires à son sujet, et j'ai placé tous ces objets dans notre chambre, pour que tu n'aies aucune idée de ce que j'étais en train de faire. (Elle marqua une pause, son sourire s'effaça.) J'ai l'impression que ça a marché.

— Pourquoi ? Mais pourquoi as-tu voulu nous faire ça ? lui demanda Piper.

— Pourquoi ? (Celeste désigna par de grands gestes les silhouettes qui l'entouraient.) Parce que je n'avais personne, et qu'ils m'ont accueillie.

— Celeste fait partie de notre famille, dit le Maître.

Il enleva sa cagoule… Piper crut qu'elle allait perdre la tête en reconnaissant ces cheveux poivre et sel, et ces yeux verts. Pas étonnant qu'elle connaisse cette voix.

— Monsieur… Monsieur Morgan ?

— Etre directeur du *Sunrise Center* présente beaucoup d'avantages. Toutes les semaines, de nouveaux enfants viennent nous voir. Ils sont sans domicile, se sentent exclus, et sont en manque d'affection. Notre groupe leur donne juste ça, en échange de peu de choses : adhérer à notre cause pour la vie.

Piper détourna les yeux. Elle se sentait incapable de regarder ce monstre qui se servait d'enfants sans repères.

— Celeste est très douée, continua le Maître. Une actrice née, doublée d'une véritable adepte de la magie. Vous n'avez aucune raison de vous en vouloir, Piper. Vous étiez surpassée dès le départ. Et si ça peut vous réconforter, vous étiez en excellente compagnie. Après tout, vos sœurs se sont fait prendre en essayant de sauver Adrienne. Elles ne s'étaient apparemment jamais doutées qu'elle faisait partie des nôtres.

Piper lut dans le regard de Prue une colère folle.

— Eh oui, continua le Maître. Adrienne était l'une de mes adeptes, qui, telle une araignée, devait vous prendre dans sa toile. Malheureusement, elle a fléchi et a commencé à nous trahir. Nous n'avions pas le choix. Nous devions la détruire. Tout comme nous allons vous détruire.

CHAPITRE 17

Si seulement je pouvais me débarrasser de ces cordes – ou de cette chose qui leur ressemble, pensait Phoebe, *je prendrais ce type entre quat'z'yeux*. Elle se débattit pour se libérer des liens magiques qui lui liaient les poignets.

M. Morgan était un démon, un démon parfait. Phoebe savait qu'il fallait l'arrêter. Elle lutta plus fort. Elle n'avait plus aucun pouvoir.

— Voyons… Laquelle de vous trois désire mourir la première ? demanda M. Morgan d'un ton cordial. (Il attendit un moment.) Pas de volontaire ? Alors, il va falloir que je choisisse.

Phoebe le haïssait de plus en plus, pour ce qu'il avait fait à ses sœurs, aux gamins du *Sunrise Center*, à Adrienne… Mais ce qu'elle haïssait par-dessus tout, c'était sa cruauté. S'il y avait un moyen de le combattre, il ne fallait pas passer à côté.

Le Maître désigna du doigt les trois sœurs à tour de rôle.

— Pic et pic et colégram… (Il s'arrêta devant Phoebe.) Bingo ! Il me semble que c'est toi qui as gagné !

Phoebe sentit son cœur se contracter de peur. Le Maître tapa dans ses mains.

— Amenez-la au Nouveau Soleil, ordonna-t-il.

Deux démons grands et costauds l'attrapèrent sous les bras. Elle se contorsionnait pour tenter de se libérer de leur étreinte. Ils l'amenèrent au centre de la pièce, et la placèrent sous un immense cristal blanc, face au Maître.

— Noon ! hurla Prue.

Le Maître entonna un chant. Phoebe le voyait mélanger des poudres de couleur dans l'urne en bronze posée sur l'autel. L'odeur qui montait devint encore plus immonde lorsqu'il y ajouta des racines, des huiles, ainsi qu'une poignée d'herbes.

Une fumée vert pâle s'échappa en volutes de l'urne. Le Maître leva les mains en tendant les doigts. Phoebe ne savait pas exactement ce qu'il était en train de faire, mais elle sentait que ça n'augurait rien de bon.

Une flamme vert pâle commença à danser sur le bout des doigts du Maître. Puis elle s'éloigna en tremblotant, avant de traverser la pièce pour arriver au cristal. La flamme grésilla autour de la pierre blanche. Quelques secondes plus tard, la pierre se mettait à scintiller.

— Lorsque tu vas mourir, le Nouveau Soleil absorbera ton énergie et la redistribuera à l'assemblée. Du recyclage, en quelque sorte.

M. Morgan adressa un sourire narquois à Phoebe.

Le cristal brillait de mille feux. Phoebe ferma les yeux tandis que des ondes magiques miroitaient, diffusant une chaleur blanche éblouissante. De la sueur commença à couler le long de son dos et de sa poitrine. Elle sentit sa peau rougir et brûler sous l'effet de la chaleur.

— Phoebe ! hurlait Piper.

Le Maître déclama une autre psalmodie que les

fidèles reprirent en chœur. Le cristal descendit en accentuant sa brillance et sa chaleur. Phoebe sentait sa peau cuire et se couvrir de cloques. Une odeur horrible monta tandis que ses cheveux et ses sourcils brûlaient légèrement.

Ensuite, Phoebe entendit la voix de Piper :

— Celeste ! Tu ne peux pas les laisser faire ça. Ils ne s'intéressent pas à toi comme moi. Ils ne se servent de toi que pour tes pouvoirs. Ne les laisse pas faire ça à ma sœur !

Le chœur continuait, et la lumière du Nouveau Soleil devenait de plus en plus forte.

— S'il te plaît ! sanglotait Piper.

Phoebe gémissait de douleur, ses cloques commençaient à éclater. C'est alors qu'elle entendit Celeste marmonner :

— Attendez…

L'assemblée ne s'arrêtait pas de chanter.

— Attendez ! ordonna Celeste d'une voix plus forte, cette fois-ci.

Les voix faiblirent.

— Pourquoi dis-tu d'arrêter ? Continuez ! ordonna le Maître.

— J'ai dit STOP ! hurla Celeste.

Le silence s'installa.

Phoebe sentit sa douleur se calmer. Elle leva les yeux vers Celeste. La gamine tendit les mains vers l'extérieur. Une lueur jaillit de ses paumes. Tous les regards étaient rivés sur elle. Phoebe comprit que Celeste utilisait l'un des pouvoirs magiques qui affaiblissaient l'influence du cristal suspendu au-dessus de sa tête. Elle bougea les poignets. Ses mains étaient libres !

Personne ne s'en était rendu compte, car les regards fascinés de l'assemblée convergeaient sur Celeste.

— Petite dinde ! Tu voudrais me désobéir ? morigéna le Maître, visiblement furieux.

— Je pensais que vous aviez l'habitude de vous occuper d'ados mal dans leur peau, monsieur Morgan, lui rétorqua Celeste en se moquant de lui.

C'était une diversion parfaite. Phoebe se rua sur le démon le plus proche d'elle, pour le débarrasser doucement de l'athame qu'il portait à la ceinture. Elle fendit la foule, puis s'arrêta juste derrière ses sœurs.

Elle commença à murmurer un sort pour délier les liens. Puis, se rappelant que leurs pouvoirs étaient inversés, elle récita :

« Magiques fibres au puissant pouvoir,
Ne les libère jamais. »

Les fibres lumineuses se démêlèrent, libérant les poignets de ses sœurs. Oui ! Ça avait marché !

— Elles s'échappent !

Phoebe, entendant quelqu'un hurler, sursauta. Elle venait de se faire ceinturer par-derrière.

Combinaison de self-défense numéro un, se concentra Phoebe. Elle mit ses bras en position de ciseaux pour se dégager de ceux de son agresseur. Ensuite, elle se baissa sur ses talons, pivota, le faucha au niveau de la hanche, et le fit tomber.

Elle avait réussi ! Impressionnant !

Phoebe effectua un demi-tour. Brandissant un couteau, un démon bâti comme Frankenstein lui fonçait dessus.

— Aahh !

Son cri ressemblait surtout à un glapissement. S'il existait un mouvement de self-défense pour ce genre de situation, elle ne l'avait pas encore appris.

Tandis que le démon se ruait sur elle, Phoebe se mit en boule, plongea sur le côté, et envoya un coup de pied.

Le démon trébucha. Ebahie, Phoebe le regarda passer par-dessus elle. Piégé par sa vitesse, il atterrit dans le cristal blanc.

L'énorme pierre se détacha de la chaîne qui l'attachait au plafond, avant de s'écraser sur l'un des murs de la salle, puis de ricocher sur le sol.

— Noon ! hurla le Maître. Attrapez-le. Attrapez le cristal.

Tous les démons présents couraient après la pierre, mais aucun d'entre eux ne semblait capable de surpasser son pouvoir suffisamment longtemps pour la tenir.

Phoebe se demandait ce qui allait se passer. Elle se mit en position de combat tout en regardant dans la pièce dévastée pour trouver ses sœurs. Elles n'étaient qu'à quelques mètres. Les paumes tendues, Celeste, debout devant elles, tenait trois rubans rouges noués. Phoebe courut les rejoindre.

— « La magie qui tisse les liens va maintenant les dénouer, psalmodiait Celeste. Rends-leur leurs pouvoirs dans toute leur plénitude. »

Phoebe perçut une bouffée de pouvoir monter en elle. Une sensation qui lui était familière traversa son corps des pieds jusqu'à la tête. Elle l'envahissait tandis que ses blessures disparaissaient. De plus, elle se sentait de nouveau reliée à ses sœurs : le secret de leur force.

Piper se retourna vers elle :

— Comment vas-tu, Phoebe ?

— Nous allons toutes bien, dit Prue. Nous avons retrouvé nos pouvoirs !

— Merci, Celeste, ajouta Piper.

Celeste la regarda, les yeux pleins de larmes.

— J'ai cru qu'ils étaient ma famille, mais ils ne se sont jamais occupés de moi comme tu l'as fait. Tu as risqué ta vie pour moi. Je suis désolée de t'avoir fait ça.

Piper la prit dans ses bras.

— On te croit, lança Prue, mais on en discutera plus tard, d'accord ?

Phoebe jeta un regard rapide dans la pièce. Les démons en furie s'étaient réorganisés, et encerclaient les quatre filles.

— T'as raison, approuva Phoebe. Et j'espère qu'il y aura un plus tard.

Piper déglutit tandis que le cercle des démons se resserrait.

— Nous sommes vraiment en sous-nombre, marmonna-t-elle.

— La partie me semble jouable, dit Prue. Frappons-en quelques-uns.

Elle fixa son regard sur la douzaine de démons qui étaient juste devant elle.

Woup ! Ils allèrent tous s'écraser sur les murs de la pièce, en en renversant d'autres sur leur passage.

— Ouais ! C'est bien parti !

Piper vit un démon derrière Phoebe : il levait son athame pour l'abaisser sur elle. Elle tendit les mains, et arrêta le temps.

— Merci, Piper.

Phoebe s'avança, prit la dague de la main de son agresseur pour la lui planter violemment dans l'aine.

Lorsque le sort disparut, le démon s'écroula en hurlant de douleur.

— Pas mal, commenta Phoebe.

Prue se retourna et expédia un autre groupe de démons contre les planches qui obstruaient les fenêtres sur lesquelles ils s'écrasèrent.

— Assez !

La voix du Maître ressemblait à un roulement de tonnerre.

— Je ne crois pas, lui dit Piper. On vient juste de commencer.

Prue le propulsa contre le mur derrière l'autel.

— Euh, Prue, murmura Phoebe. Je pense que nous avons peut-être fait une erreur.

Le Maître se détacha du mur. Un cercle de lumière pourpre l'entourait, lui rendant ses pouvoirs. Piper cligna des yeux : elle ne comprenait pas ce qu'il lui arrivait. Dans le cercle de lumière, le corps du Maître s'allongeait comme une ombre. Il devenait plus large, plus puissant. Le Maître s'était transformé en un monstrueux squelette, qui s'avançait vers les *Charmed*.

Piper sentit son courage l'abandonner. Elle s'était battue contre bon nombre de démons, mais cette fois-ci, c'était différent. Elle n'en avait jamais vu aucun prendre une telle forme, même dans ses pires cauchemars. Tout le reste de la pièce semblait disparaître. Elle avait conscience que Prue continuait à éloigner les démons, et que Phoebe récitait quelque chose qui obligeait les autres à abandonner leur attaque.

— Piper, toi et moi, nous n'en avons pas terminé, gronda le Maître.

En deux grandes enjambées il la domina, la lumière rouge dansant sauvagement autour de lui.

Piper tremblait de peur. Mais elle se rappela que M. Morgan – à présent, cette chose – avait fait ça à Celeste, sans oublier toutes les autres gamines qui avaient eu le malheur d'atterrir au *Sunrise Center*. Et sa colère lui donna du courage.

— Tu as raison. Il faut que je te détruise, ainsi que tous tes adeptes.

Piper tendit les mains, et le figea.

— Prue, Phoebe, j'ai besoin de vous ! cria-t-elle.

Ses sœurs la rejoignirent immédiatement.

— Je pense qu'il mérite bien de goûter à sa potion, dit Prue.

Elle récita une incantation pour l'attacher. Piper et Phoebe l'accompagnèrent. Elles levèrent les mains et invoquèrent le Pouvoir des Trois pour renforcer le sort.

Piper sentit l'incroyable force qui l'envahissait lorsqu'elles invoquaient le Pouvoir des Trois.

— « Resserre le lien, resserre le lien, chantait-elle avec ses sœurs. Ce sort restera dans le temps. »

Une épaisse corde d'une lumière blanche très pure s'enroula autour du corps du Maître et du cercle de lumière rouge qui l'enveloppait, comme s'il était une momie.

Le temps du sort qui figeait était fini. Les bandes de lumière blanche vacillèrent, puis disparurent. Piper comprit que le sort ne marcherait pas.

— Sales gosses ! explosa le Maître. Votre magie n'est rien, comparée à la mienne. Vous ne pouvez pas m'arrêter.

— Mais ceci le peut ! hurla Celeste.

Debout devant l'autel, elle tenait le cristal blanc dans ses mains.

Le Maître se retourna pour lui faire face.

— Pose ça tout de suite ! cria-t-il.

— Volontiers, dit Celeste en le jetant dans l'urne en bronze.

— Noon !

Le Maître avança en titubant vers Celeste, qui restait imperturbable. Elle se rappela que le feu allait purifier le cristal et transformer son pouvoir maléfique en pouvoir bienfaisant.

— Tu vas tous nous détruire, gronda le Maître. Et toi également !

— Peut-être, mais je suis prête à prendre ce risque.

Le Maître l'éloigna de l'autel et plongea ses mains dans l'urne bouillonnante. Il poussa un cri d'agonie lorsqu'il en ressortit le cristal. La pierre brillait comme jamais. Le Maître avait du mal à la tenir. De la sueur perlait sur son front. Ses paumes commencèrent à cloquer.

— Salut, lui dit Celeste en lui faisant un signe de la main.

Le Maître poussa un cri strident. Piper fut projetée sur le sol tandis que le cristal explosait en mille morceaux.

CHAPITRE 18

La déflagration déchira les tympans de Piper. Elle se mit en boule, ferma les yeux, se plaqua les mains sur les oreilles, espérant que cette terrible pression allait cesser très vite.

Puis, comme une vague qui reflue, le phénomène s'arrêta. Piper attendit un moment avant de s'asseoir et de regarder autour d'elle. La vague magique avait emporté tous les démons. Les seules qui restaient dans la maison de Colwood Street étaient les *Charmed* — et Celeste.

Piper se précipita vers elle.

— Dieu merci, tu vas bien ! cria-t-elle en la serrant dans ses bras.

Celeste en fit autant.

— En fait, j'ai été un démon pendant tellement longtemps ; je n'étais pas certaine que l'énergie positive me laisserait en vie, admit Celeste. J'étais prête à être détruite. Mais je crois, je crois vraiment que votre présence m'a aidée.

— En tout cas, je n'avais jamais vu pareil truc, dit Phoebe.

Celeste haussa les épaules.

— Je ne toucherai plus jamais à la magie de ma vie.

Prue fronça les sourcils.

— Tu en es certaine ? Tu as visiblement un don pour

ça. Et des pouvoirs comme les nôtres ne sont orientés que vers le bien…

— S'il te plaît, dit Celeste, comprends-moi. Refaire de la magie me rappellerait cette secte. Il faut que je m'éloigne de tout ça. J'ai besoin d'une vie simple et normale.

— Comme tu veux. Nous ne pouvons pas nous qualifier de normales, toutes les trois, la railla Piper, mais nous serons toujours là pour toi.

— Merci !

Celeste souriait. Alors que ses yeux se tournaient en direction de la porte de la salle, elle devint brusquement toute pâle.

— Qu'est-ce qui se passe ? demanda Piper.

Celeste tendit le bras. Une autre silhouette en soutane noire entrait dans la pièce.

— Ce n'est pas fini !

La silhouette retira sa cagoule. Phoebe faillit s'étrangler : Kenji !

Piper se demanda s'il s'agissait bien de l'homme dont leur avait parlé Phoebe. Si c'était lui, que faisait-il ici ?

— C'est l'un des nôtres ! hurla Celeste. Il va essayer de vous attraper ! Nous devons le détruire !

Prue ne perdit pas de temps. Elle envoya un souffle d'énergie qui le plaqua au mur. Kenji luttait contre ce pouvoir, essayant furieusement de se libérer par tous les moyens.

Prue s'approcha de lui, car son pouvoir le maintenait toujours solidement collé au mur. Elle s'adressa à Phoebe :

— Tu veux que je le tue à ta place ?

— Noon ! hurla Kenji.

— Pourquoi non ? lui demanda Phoebe. (Ses yeux étaient remplis de larmes. La peine qu'elle ressentait s'entendait au son de sa voix.) Tu t'es servi de moi ! Tu m'as fait croire que je te plaisais ! Et tu n'étais qu'un démon qui montait un complot pour nous détruire.

— Je ne suis pas un démon !

— C'est curieux, dit Phoebe. Tu en portes pourtant toute la panoplie…

— Je suis journaliste, insista-t-il. J'ai un contrat avec un journal qui m'a demandé d'infiltrer la secte pour la révéler au grand jour.

— Pardon ? (Pendant un court instant, Phoebe fut près d'accepter l'explication de Kenji. Puis elle finit par croiser les bras sur sa poitrine.) Qui pourrait croire ça ?

— C'est la vérité. C'est pour ça que je vous espionnais au travers de la fenêtre l'autre jour. (Il se tourna vers Prue.) Si vous me relâchez, je pourrai vous montrer ma carte de presse et ma carte d'identité. Elles sont dans la poche de la chemise que je porte sous cette soutane ridicule.

— C'est à toi de prendre la décision, déclara Prue à Phoebe.

Phoebe réfléchit un instant.

— Ne le relâche pas pour le moment. S'il décide de nous attaquer, il va réagir comme Bruce Lee.

En prenant ses précautions, elle retira la dague qu'il portait autour de la ceinture. Puis, lentement, elle ouvrit la soutane noire. Elle plongea la main dans la poche de sa chemise et en sortit deux cartes plastifiées.

— Il dit la vérité. Il a bien une carte de presse et une carte d'identité.

— Ça ne veut rien dire, fit remarquer Celeste. C'est

toi qui nous as raconté que Phoebe pouvait lire dans l'avenir, lui rappela-t-elle.

— Il fallait que je le fasse pour garder ma couverture, avança calmement Kenji. Si j'avais menti, ils s'en seraient aperçus. Et puis, ça faisait un moment que le Maître soupçonnait Phoebe d'avoir ce pouvoir. (Ses yeux cherchaient ceux de Phoebe.) Il faut que tu me croies, je n'ai jamais voulu qu'il t'arrive quoi que ce soit. (Il regarda autour de lui.) Où sont-ils tous passés ?

— Ils sont partis. Pour toujours, dit Prue.

Kenji écarquilla les yeux.

— Vous trois… ? Vous avez…

— Non. Nous quatre, précisa Piper en passant un bras autour des épaules de Celeste.

— Ouah ! dit doucement Kenji. Vous avez dû employer des techniques très perfectionnées.

— Ouais. Bon, c'est bien que tu aies un alibi, dit amèrement Phoebe.

Kenji fit un large sourire.

— C'est une histoire inoubliable. (Phoebe lui tourna le dos.) Mais je te jure que je n'ai jamais voulu te faire de mal.

— Je t'aime vraiment beaucoup, murmura Phoebe. Je n'ai jamais cru que tu veuilles te servir de moi, pour quelque raison que ce soit.

— Je t'aime beaucoup aussi ! Je t'aime tant que j'ai demandé à mon patron de me muter à San Francisco dès que j'aurai bouclé cette enquête.

Phoebe se retourna lentement.

— Tu allais t'installer à San Francisco ? Pour moi ?

Kenji acquiesça.

— Je ne voulais pas te quitter. Tu es étonnante. (Il sourit.) Et je ne parle pas de tes pouvoirs.

Prue se racla la gorge.

— Je suis désolée de vous interrompre, mais il faut que l'on parle à notre petite sœur.

Le regard de Phoebe s'attarda sur Kenji, puis elle rejoignit ses sœurs à l'autre bout de la pièce.

— Il est prêt à déménager pour moi ! dit Phoebe à ses sœurs.

Piper lui adressa un regard rempli de sympathie.

— On a entendu. Et je suis vraiment heureuse pour toi, Phoeb. Mais il y a un petit problème. Nous ne pouvons pas le laisser publier cet article.

— Je suis d'accord. Nous serions complètement perdues, approuva Prue.

— Vous avez raison, souffla Phoebe en se mordant les lèvres.

— J'ai une idée. On va lui jeter un sort pour qu'il oublie, suggéra Prue. Qu'il oublie juste que nous sommes des sorcières. Comme ça, il pourra faire son papier sur la secte sans nous citer.

— Tu veux dire que je vais garder l'homme, et que lui va garder son histoire ? (Phoebe sourit.) Ça me semble un bon plan. On y va.

Les sœurs joignirent les mains, puis commencèrent à chanter.

La nuit suivante, Phoebe se trouvait devant la porte de l'appartement de Kenji à Berkeley. Avant de frapper, elle se regarda. Elle aurait dû prendre un miroir. Elle portait une courte robe noire et une paire de boucles d'oreilles très classiques qu'elle avait empruntée à Prue, en espérant que ça lui irait bien.

Elle vérifia le contenu des deux sacs de courses qu'elle avait amenés. Dans le premier, il y avait un repas que Piper lui avait préparé : des tranches de rosbif au jus, une purée de pommes de terre à l'ail, ainsi qu'une salade César. Dans le second sac, des bougies, un chandelier, des fleurs et une bouteille de vin. Tous les ingrédients nécessaires pour un dîner romantique parfaitement réussi. Elle avait tout mis en œuvre pour qu'ils passent une nuit dont ils se souviendraient tous les deux. Le départ d'une nouvelle relation où il ne serait plus question de sorcières.

Kenji, bien sûr, n'était au courant de rien. C'était l'un des talents de Phoebe de faire des surprises. Impatiente, elle frappa à la porte.

Elle entendit le verrou tourner à l'intérieur.

— Bonsoir, dit Kenji d'une voix douce.

— Salut à toi, répondit Phoebe.

Elle le détailla. Ses longs cheveux bruns étaient détachés, et il portait un jean ainsi qu'un T-shirt noir qui mettait en valeur sa poitrine et ses bras bien dessinés. Il était très séduisant.

— Comment vas-tu ? lui demanda-t-elle.

— Bien. (Il lui sourit chaleureusement.) Que me vaut le plaisir de cette visite ?

— Je passais juste dans le coin, dit-elle pour le taquiner.

Elle entra dans l'appartement.

Lorsque Kenji eut fermé la porte, elle se pencha vers lui, et pressa ses lèvres contre les siennes. Très surpris, il eut un mouvement de recul.

— Qu'est-ce qui se passe ? s'étonna-t-elle.

— Désolé, mais je ne comprends pas.

— Ah bon ? (Phoebe éclata de rire.) Je n'aurais pas dû t'embrasser ?

— Lorsqu'une personne vient visiter un appartement, il n'est pas habituel qu'elle embrasse comme ça le locataire présent. Mais je n'ai rien contre, dit-il en lui souriant.

— Louer un appartement ? Kenji, de quoi parles-tu ? Tu…

Sa voix se brisa. Elle avait l'impression d'avoir reçu un coup dans l'estomac.

— Kenji, comment est-ce que je m'appelle ?

Il la regarda d'un air amusé.

— Eh bien, en fait, j'allais vous le demander, mais vous vous êtes penchée pour m'embrasser.

— Alors, tu ne me connais pas ?

— Désolé, mais non, je ne vous connais pas. J'étais ici pour peu de temps, et je retourne à San Diego à la fin de la semaine. J'étais juste venu pour le travail. Vous savez ce que c'est.

Phoebe comprenait. Le sort de l'oubli qu'elles lui avaient jeté la nuit dernière avait marché, et même trop bien marché. Non seulement Kenji ne se souvenait plus qu'elle était une sorcière, mais il avait également oublié son existence.

— Quelque chose ne va pas ? demanda gentiment Kenji.

Phoebe ravala ses larmes.

— Non. Je pense… j'ai dû me tromper d'adresse.

Kenji sourit.

— Si je peux vous aider à trouver la bonne… J'ai un assez bon sens de l'orientation.

— Non, ça ira. (Phoebe sentit sa gorge se serrer. Elle lui tendit le sac contenant le repas préparé par Piper, les bougies et le vin.) Voilà, c'est pour toi. Il faut que j'y aille.

— Mais…

— Bon séjour à San Diego, conclut-elle.

Elle sortit à toute allure de l'appartement, puis s'enfonça dans la nuit.

Elle monta dans sa voiture, claqua la porte, et éclata en sanglots. La seule chose qui pouvait lui faire du bien, c'était de pleurer un bon coup.

Lorsqu'elle eut versé toutes les larmes de son corps, elle se regarda dans le rétroviseur. Son nez coulait, ses yeux étaient tout rouges. Elle ne put s'empêcher de rire. Elle paraissait si moche que c'en était comique.

Bon, se dit Phoebe, *il arrive que l'amour fasse mal. Surtout lorsque l'on est une sorcière.*

Achevé d'imprimer sur les presses de

BUSSIÈRE

GROUPE CPI

à Saint-Amand-Montrond (Cher)
en juillet 2001

FLEUVE NOIR
12, avenue d'Italie
75627 Paris Cedex 13
Tél. : 01-44-16-05-00

— N° d'imp. 13936. —
Dépôt légal : mars 2001.

Imprimé en France